O CORAÇÃO DA RAINHA

HOLLY BLACK
AUTORA BEST-SELLER DO *THE NEW YORK TIMES*

O CORAÇÃO DA RAINHA

São Paulo
2021

Grupo Editorial
UNIVERSO DOS **LIVROS**

Heart of the Moors

Copyright © 2019 by Disney Enterprises, Inc.

© 2021 by Universo dos Livros

Todos os direitos reservados e protegidos pela Lei 9.610 de 19/02/1998. Nenhuma parte deste livro, sem autorização prévia por escrito da editora, poderá ser reproduzida ou transmitida sejam quais forem os meios empregados: eletrônicos, mecânicos, fotográficos, gravação ou quaisquer outros.

Diretor editorial: Luis Matos

Gerente editorial: Marcia Batista

Assistentes editoriais: Letícia Nakamura
e Raquel F. Abranches

Tradução: Cynthia Costa

Preparação: Marina Constantino

Revisão: Nilce Xavier e Anna Emília Soares

Arte: Renato Klisman

Diagramação: Vanúcia Santos

Ilustração de capa: Mike Heath

Lettering da capa original: Russ Gray

Design de capa: Marci Senders

Dados Internacionais de Catalogação na Publicação (CIP)
Angélica Ilacqua CRB-8/7057

B562m   Black, Holly
      Malévola : o coração da rainha / Holly Black ; tradução de
Cynthia Costa. –– São Paulo : Universo dos Livros, 2021.
      288 p.

      ISBN 978-65-5609-091-7
      Título original: Heart of the Moors

      1. Literatura infantojuvenil 2. Disney, Personagens de I. Título
II. Costa, Cynthia

21-1252   CDD 028.5

Universo dos Livros Editora Ltda.
Avenida Ordem e Progresso, 157 - 8º andar - Conj. 803
CEP 01141-030 - Barra Funda - São Paulo/SP
Telefone/Fax: (11) 3392-3336
www.universodoslivros.com.br
e-mail: editor@universodoslivros.com.br
Siga-nos no Twitter: @univdoslivros

PARA TODOS QUE TÊM ORGULHO
DO QUE OS TORNA DIFERENTES
— HOLLY BLACK

PRÓLOGO

— Era uma vez uma fada malvada que recebera o nome de Malévola tanto por sua malevolência quanto por sua magnificência. Seus lábios eram vermelhos como sangue fresco; as maçãs do rosto, afiadas como a dor de um amor perdido. E o coração, gélido como as profundezas do oceano.

O contador de histórias estava em uma rua de paralelepípedos perto do castelo, acompanhando satisfeito a pequena multidão que se formava ao seu redor. Crianças boquiabertas o observavam, granjeiras interrompiam suas compras e comerciantes se aproximavam.

Entre os ouvintes, havia uma mulher oculta sob um manto com capuz. Ela se manteve ligeiramente afastada e, embora ele não conseguisse ver seu rosto, algo nela atraiu sua atenção.

O contador de histórias chegara ao reino de Perceforest apenas dois dias antes, e seus contos haviam sido bem recebidos na cidade anterior. Ele não só enchera o bolso de metal, como também jantara na segunda melhor estalagem e ganhara um lugar ao pé do fogo naquela noite. Certamente, tão perto do castelo, onde havia mais moedas, suas histórias lhe renderiam recompensas ainda maiores.

— Havia uma princesa, Aurora, batizada como a alvorada. Seu cabelo era tão dourado quanto a coroa que um dia repousaria sobre sua cabeça. Seus olhos eram tão grandes e doces quanto os de uma corça. Desde o momento de seu nascimento, ninguém que olhasse para ela poderia não amá-la. Mas a fada perversa odiava a bondade e amaldiçoou a princesa.

Ao seu redor, os ouvintes ficaram tensos. O contador de histórias ficou contente até perceber que eles pareciam alarmados de uma forma não totalmente agradável. Algo estava errado, mas ele não sabia o que poderia ser. Ouvira uma variação daquele conto em Weaverton e se encarregara de floreá-lo um pouco. Tinha certeza de que era uma boa história, perfeita para lisonjear as velhas ideias dos idosos e inflamar as paixões dos jovens.

— Ao completar dezesseis anos, ela espetaria o dedo em uma roca de fiar e morreria.

Vários ouvintes gritaram em desalento. Uma das crianças agarrou a mão de outra.

Novamente, aquela reação não parecia normal. A história não deveria afetá-los tanto assim.

Era hora de moderar a maldade do conto com uma pitada de heroísmo.

— Mas, vejam só, havia também uma fada bondosa...

Ouviu-se um bufo de dentro do capuz. O contador de histórias fez uma pausa, arruinando o clímax de seu conto. Estava prestes a retomá-lo quando a mulher encapuzada falou.

— Foi isso mesmo que aconteceu? — Sua voz era melodiosa, com vestígios de um sotaque que ele não conseguia identificar. — De verdade? Está *certo* disso, contador de histórias?

Ele já havia lidado com intrometidos antes. Dirigiu-lhe seu sorriso mais galante e olhou ao redor, convidando a pequena multidão a sorrir com ele.

— Cada palavra é tão verdadeira quanto o fato de você estar diante de mim.

— O que você apostaria nessa verdade? — questionou a voz.

Ele percebeu que o público estava fascinado por aquela conversa, muito mais do que por sua história.

— Você me daria sua voz? Seu primogênito? Sua vida?

Ele riu de nervoso.

A mulher tirou a capa e ele deu um passo involuntário para trás. E depois outro. A multidão encolheu-se, já prevendo o horror.

— Você... Você... — Ele não conseguia pronunciar as palavras.

Chifres negros tão sinistros quanto seu sorriso erguiam-se do alto de sua cabeça. Seus lábios eram vermelhos como sangue fresco e as maçãs do rosto, afiadas como a dor de um amor perdido. E ele temia que seu coração fosse mesmo gélido como as profundezas do oceano.

De repente, ocorreu ao contador de histórias que todos os contos tinham uma origem. E diziam que Perceforest tinha uma rainha muito jovem, cujo nome nem pensou em perguntar, mas que já começava a suspeitar. O que só podia significar que aquela mulher diante dele era...

— Você deve ter adivinhado meu nome, contador de histórias. Não vai me dizer o seu? — Malévola perguntou.

Mas ele não conseguia falar.

Ela esperou um momento, e então seus lábios se abriram em um sorriso que não prometia nada de bom.

— Não? Não importa. Eis o seu destino: *serás um gato*, miando suas histórias sob as janelas e recebendo nada mais do que sapatadas e baldes d'água na cabeça. Que assim seja até que meu coração perverso se acalme.

Com as mãos, Malévola lançou um turbilhão de luz dourada sobre ele e, de repente, todos ao redor do contador de histórias pareceram ficar grandes. Até as crianças, gritando, tornaram-se enormes, os gastos sapatos de couro agora eram maiores que sua cabeça. Ele caiu de quatro. Um estranho calor o invadiu, como se alguém tivesse jogado um cobertor de pele sobre suas costas. Abriu a boca para gritar, mas o som que saiu foi um uivo terrível e animalesco.

— Creio que vocês já saibam o final da história — disse Malévola para a multidão.

Então, ela saltou em direção ao céu, as asas grandes e poderosas levando-a para longe da cidadela numa rajada de vento — deixando para trás o contador de histórias, que ganhava a vida com palavras, incapaz de pronunciar uma só que fosse.

1

Quando era criança na floresta e a única coroa que usava era feita de madressilva, Aurora pensava que a rainha do castelo distante devia ser feliz o tempo todo, porque todos tinham de ouvi-la e fazer exatamente o que ela mandava. Desde que subira ao trono, descobrira o quão errada estava.

Para começar, agora todos pareciam querer lhe dizer o que fazer.

O conselheiro de seu falecido pai, um homem idoso de feições sombrias chamado Lorde Ortolan, não parava de tagarelar sobre suas obrigações reais, que sempre envolviam estratégias para aumentar o tesouro do reino.

E havia também os cortesãos — rapazes e moças de famílias nobres enviados de todo o reino ao palácio para lhe fazerem companhia. Luxos e iguarias antes desconhecidos por ela pareciam comuns para eles. Ensinavam a Aurora danças formais que ela nunca havia dançado e apresentavam-lhe menestréis que entoavam canções de feitos heroicos, além de malabaristas e acrobatas contratados para diverti-la com travessuras. Fofocavam um sobre o outro e especulavam sobre a longa visita do Príncipe Phillip ao reino, questionando se o pretexto de estudar o folclore de Ulstead nas bibliotecas de Perceforest era mesmo a verdadeira razão de sua permanência ali. Tudo era muito agradável, mas eles queriam que a rainha continuasse a fazer as coisas do jeito que sempre foram feitas. E Aurora desejava mudanças.

Nutrira a expectativa de que sua madrinha, Malévola, teria sido mais compreensiva com ela do que de fato foi. Malévola, em vez disso, desfiou incontáveis constatações inúteis sobre como Aurora seria mais feliz sediando seu reino nos Moors. E, enquanto vivesse no palácio, Malévola permaneceria longe. Pela primeira vez em sua vida, Aurora não podia contar com o conforto da presença dela.

Não ajudava o fato de que Aurora *seria* mesmo mais feliz nos Moors. O castelo era enorme, frio e úmido. O vento assobiava pelos corredores. As lareiras apagavam-se com facilidade, dando aos cômodos detalhadamente decorados um leve porém constante cheiro de fumaça. O pior de tudo, porém, era a quantidade de ferro. Travas de ferro, grades de ferro nas janelas e barras de ferro nas portas. Eram um lembrete das barbaridades que seu pai, o Rei Stefan, havia feito e das ações ainda mais horríveis que pretendia executar. Aurora ordenou que tudo fosse desmontado e substituído, mas era uma reforma tão grande que nem sequer um terço dos cômodos estava pronto.

Não culpava Malévola por não querer visitá-la ali, com todas aquelas lembranças.

Mas era no palácio que Aurora precisava estar naquele momento. Não só porque ela queria saber como era viver como humana, mas porque tinha um objetivo como rainha de Perceforest e dos Moors: conseguir que fadas e humanos de ambos os reinos se enxergassem como pertencentes a uma só terra. Seu primeiro passo seria um tratado de paz. O único problema era que ninguém conseguia concordar em nada.

As fadas queriam que os humanos ficassem longe dos Moors, mas queriam circular por Perceforest como bem entendessem. E os humanos queriam pegar o que quer que encontrassem nos Moors, mesmo que fossem fadas-cogumelos, cristais que faziam parte da paisagem ou pedaços das casas de outras criaturas.

Passara a manhã tentando fazer o acordo avançar, sem sucesso.

— Espero que ninguém aqui a tenha ofendido — disse o Conde Alain, arrancando Aurora de seus pensamentos errantes.

Ele era o mais jovem dos importantes proprietários de terras, e também o mais charmoso. Exibia uma cabeleira espessa e escura como a madrugada, com uma única mecha branca, o que o fazia parecer um gambá muito bonito.

— Perdão? — Aurora perguntou, confusa.

Ele apontou para a janela.

— Estamos todos com medo de que Vossa Majestade nos encare da mesma forma como estava encarando aquela janela.

— Ah, não — disse ela, envergonhada. — Estava apenas perdida em devaneios.

Do outro lado do grande salão, uma harpista entretinha um grupo de senhoras. A corte acabara de almoçar e já planejava os jogos e as atividades da noite.

Conde Alain coçou o queixo, onde crescia uma barba fina. Seus olhos verdes faiscavam alegremente, mas às vezes Aurora se perguntava se ele não estaria, na verdade, rindo dela.

— Temo que não a entretemos o suficiente, minha rainha. Vamos organizar uma caçada naquela floresta para a qual estava olhando.

— É muito gentil de sua parte — respondeu Aurora —, mas nunca gostei de caçar. Tenho muita pena das criaturas.

— Vossa compaixão é uma virtude — observou o conde e, antes que ela pudesse responder, ele abriu um sorriso largo: — Ainda assim, há de gostar! Será muito divertido. Uma mera desculpa para uma brincadeira. Certamente gostaria de sair deste castelo abafado e passar uma tarde agradável.

Ela *queria* mesmo sair do castelo.

— Sim — entoou uma voz. Era o Príncipe Phillip, que acabara de entrar no salão com botas cobertas de lama. — Sou testemunha de que deve sair, Vossa Majestade. Seu reino é maravilhosamente belo nesta época, com o verão se transformando em outono.

Com seus cachos cor de caramelo e um sorriso descontraído que distribuía a todos, ele atraía os olhares da maioria das mulheres e de metade dos homens presentes.

Mas com Aurora era diferente. Desde que se tornara rainha, Phillip era aquele em quem ela confiava, aquele com quem relaxava quando se sentia oprimida demais pela tarefa de governar. Na noite anterior, passaram horas gostosas brincando com um jogo de dados em frente à lareira, ambos trapaceando sem piedade.

A amizade com o Príncipe Phillip era segura. Ele já a beijara, ainda que ela não se lembrasse. Só que ele não tinha feito isso porque *queria*, mas na esperança de que pudesse quebrar a maldição.

Não foi o que aconteceu, no entanto, pois ele não a amava. Não tinha sido um Beijo do Amor Verdadeiro — o que, Aurora dizia a si mesma, era um alívio. Afinal, o amor fora a causa de todas as dores de Malévola. A amizade era melhor em todos os sentidos.

— Diga-me uma coisa — disse a Phillip. — Em sua terra, a caça é praticada como uma atividade *divertida*?

— Em Ulstead — começou depois de ponderar a respeito da questão —, embora muitos achem a caça agradável, nós sempre a praticamos com uma seriedade mortal.

Aurora se voltou para o Conde Alain, cujo sorriso esmoreceu. Ela se sentiu um pouco culpada.

— Eu adoraria cavalgar pela floresta — Aurora lhe disse —, mas não deve ser uma caça. E não devemos cruzar para os Moors.

— Claro, minha rainha — respondeu o conde, com o brilho de volta aos olhos. — É bem sabido que Vossa Majestade cultiva uma opinião generosíssima sobre as fadas.

Seu instinto foi gritar para o Conde Alain que os *humanos* é que tinham travado uma guerra contra o Povo das Fadas por várias gerações, e não o contrário — mas reprimiu as palavras. Ele crescera sendo prevenido dos perigos dos Moors. Como a maioria dos nobres, não conhecia a beleza do lugar — nem a alegre selvageria dos seres que lá viviam.

Crescera com mentiras. Aurora tinha de convencê-lo a não acreditar em tudo que ouvira falar sobre as fadas e a vê-las de outra forma. A ver o mundo de outra forma.

Se conseguisse trazê-lo para o seu lado, o conde se tornaria um poderoso aliado na negociação do tratado e também para convencer seu povo a mudar de opinião, especialmente os cortesãos mais jovens, que o admiravam.

Talvez o passeio fosse uma *ótima* ideia.

— Não devemos entrar nos Moors, mas podemos cavalgar perto o suficiente para ver seus habitantes — emendou Aurora. — Na verdade, toda a corte deveria vir conosco. Podemos ir amanhã à tarde e fazer um piquenique no alto, para avistarmos lá dentro. Os Moors não se parecem em nada com a muralha espinhosa que os rodeia. É um lugar lindo.

Conde Alain suspirou e deu um sorriso levemente forçado.

— Como desejar, minha rainha.

Quer saber como é perder suas asas?

Primeiro, imagine como seria sentir o gosto das nuvens na boca e mergulhar pelos céus como se fosse um lago num dia quente de verão.

Imagine o sol batendo em seu rosto quando está acima das nuvens.

Imagine nunca ter sentido medo de altura.

E as asas dobradas nas suas costas, bem macias e felpudas. Você dormiu todos os dias da sua vida sob o aconchego delas.

E agora não estão mais ali. Foram cortadas. Falta uma parte de você, uma parte que ainda está viva e se debatendo em uma gaiola longe dos seus olhos.

Você se sente em carne viva. Você é uma ferida que nunca sara.

Você se torna pesada e lenta. O reino celeste, agora perdido, paira acima de sua cabeça, fora de alcance.

Você amaldiçoa os céus.

Amaldiçoa o ar.

Amaldiçoa a menina.

Até se tornar a própria maldição.

3

Aurora odiava dormir. Todas as noites, arranjava desculpas para ficar acordada até cada vez mais tarde. Havia sempre listas para fazer, cartas para escrever, revisões intermináveis do tratado para resolver. Vagava por seus enormes aposentos, alimentando o fogo da lareira e deixando as velas queimarem quase inteiras, até os pavios terminarem em uma poça de cera.

Mas sempre chegava um ponto em que tinha de vestir a camisola e o gorro e apagar a vela. Aconchegava-se sob as cobertas e olhava através da janela para as estrelas lá fora, tentando se convencer de que seria seguro fechar os olhos, de que despertaria pela manhã.

Ela não cairia num sono profundo de cem anos.

O encantamento acabara.

A maldição fora quebrada.

Quase todas as noites, porém, Aurora só adormecia quando a alvorada cor-de-rosa já despontava no horizonte. E quase sempre acordava ainda cansada. Às vezes, mal conseguia se levantar.

Ainda assim, quando anoitecia, o medo novamente se apoderava dela. Adormecer era como estar caindo em um poço, do qual talvez nunca conseguisse escapar.

Depois de se revirar na cama pelo que pareceram séculos, Aurora se levantou. Vestindo um pesado manto de brocado de ouro sobre a camisola, caminhou pelo palácio silencioso e adormecido até uma fonte na beira dos jardins reais.

Phillip ergueu os olhos. Estava sentado esculpindo uma pequena flauta ao luar.

— Vossa Majestade – saudou-a. — Esperava que viesse.

Na primeira vez em que ela o encontrara durante uma de suas caminhadas noturnas, Phillip lhe explicara que, em Ulstead, as festas da corte duravam a noite toda, e ele tinha crescido acostumado a ficar acordado até tarde. Naquela vez, eles tinham saltado sobre as pedras de um lago ornamental.

— É o tratado que me faz ficar acordada — disse, com um suspiro, embora não fosse totalmente verdade. — Tenho medo de que os humanos e as fadas nunca concordem com nada. E, se eu os forçar, de que adianta?

— Em Ulstead, as histórias sobre fadas são ainda piores do que as que circulam por aqui, e não há fadas para contradizê-las. As histórias bonitas e gentis não são contadas. O único lugar onde se pode encontrá-las é na seção dedicada a Ulstead de sua biblioteca real. O povo de Perceforest tem sorte, mesmo que ainda não tenha percebido.

Aurora ficou surpresa.

— *Você* acreditou nessas histórias?

Phillip olhou para a floresta.

— Antes de vir para cá, eu não acreditava mais em fadas. — Então olhou para Aurora com um sorriso. — Tudo que é novo é difícil. Mas você sabe como fazer as pessoas ouvirem. Irá convencê-los.

Ela parecia não concordar com suas palavras gentis, mas elas a fizeram se sentir melhor.

— Espero que sim. E, já que sou tão convincente, talvez eu possa convencê-lo a não trapacear em um jogo de gravetos ao luar.

— É impossível trapacear atirando pedaços de madeira! — Phillip exclamou, embora já estivesse procurando o melhor galho caído no chão.

— Veremos — Aurora desafiou, agarrando o graveto para o qual ele estava olhando.

Isso levou a uma corrida louca embalada a gargalhadas. Phillip tentou tomar o graveto das mãos de Aurora. Aurora a puxou de volta. Então o graveto se partiu e ela caiu no chão.

Phillip ficou mortificado.

— Perdão — disse, estendendo-lhe a mão. — Meu comportamento foi muito pouco cavalheiresco.

De pé, Aurora sacodiu a poeira de seu manto de brocado. Sentia-se uma boba.

Queria provocá-lo. Queria que ele voltasse a rir. Queria lembrá-lo de que eram amigos, e de que amigos podem ser bobos um com o outro, mesmo que fossem uma rainha e um príncipe.

Entretanto, olhando em seus olhos, ela não conseguiu encontrar as palavras certas.

— Deixe-me levá-la de volta ao palácio — sugeriu ele, oferecendo-lhe o braço e um sorriso um pouco inseguro. — E, em sinal do meu arrependimento, tentarei não conduzi-la até uma vala.

—Talvez eu é quem deva conduzir — disse Aurora, bem-humorada.

— Sem dúvida — Phillip respondeu.

Bem cedinho, as cortinas foram abertas e a luz do sol entrou. Aurora gemeu e tentou enterrar a cabeça sob os travesseiros.

Sua camareira, Marjory, colocou na beira da cama uma bandeja com chá, pão, manteiga e geleia de marmelo.

— Embora seja muito inapropriado, vosso conselheiro insistiu que eu lhe dissesse que ele gostaria de fazer uma reunião com a senhora assim que acordasse — anunciou a camareira, virando-se para sacudir um vestido verde-aipo.

— O que acha que ele quer? — Aurora perguntou, esforçando-se para sentar-se. Pegou a xícara fumegante e a levou aos lábios. Embora estivesse vivendo no castelo há meses, recusava-se a ignorar seus criados como os outros nobres diziam ser apropriado. Seu pai fora um criado no castelo antes de se tornar rei e, apesar de todos os seus defeitos, Aurora acreditava que sua ascensão era prova de que ninguém deveria ser deixado de lado. — Sente-se comigo. Coma um pouco de pão e geleia.

Marjory sentou-se prontamente, mas não estava com o seu jeito alegre de sempre. Ela era ruiva e tinha uma pele sardenta muito clara que ficava corada quando algo a incomodava, como aparentemente era o caso.

— Alguns aldeões estão esperando para vê-la. Lorde Ortolan tentou mandá-los embora, mas eles se recusam a ir.

— Então acha que é isso que ele quer discutir?

Aurora passou manteiga em duas fatias de pão e estendeu uma para Marjory.

A garota deu uma bela mordida.

— Bem, Nanny Stoat diz que Lorde Ortolan não quer que a senhora fale com *ninguém* de seu povo a não ser aqueles a quem ele controla. Perdoe-me por repetir isso, mas ela diz que ele não quer que Vossa Majestade tenha ideias que não tenham sido dadas por ele.

— Nanny Stoat? — Aurora perguntou.

— Todos na aldeia a respeitam — disse Marjory. — Se há um problema, as pessoas dizem: "Leve para Nanny Stoat, ela saberá como lidar com isso".

— Então você acha que Lorde Ortolan *não* pretende me contar sobre a visita dos aldeões? — Aurora perguntou. — E que vai continuar tentando mandá-los embora?

Marjory assentiu, embora parecesse culpada ao fazê-lo.

Aurora bebeu o resto de seu chá e saiu da cama. Foi até a penteadeira e começou a escovar os cabelos com força.

— É melhor ir lá imediatamente se eu quiser falar com eles. Diga-me tudo o que você ouviu... boatos, qualquer coisa!

— Espere — disse Marjory, pulando da cama e tirando a escova da mão de Aurora. — Vou trançar vosso cabelo o mais rápido que puder se parar de fazer *isso*.

— Você sabe o que eles querem? — perguntou Aurora, sentando-se e ajeitando-se na frente do espelho.

A garota começou a desembaraçar os cabelos de Aurora, separando-os bem ao meio.

— Ouvi dizer que havia um garoto desaparecido. Um criado aqui do castelo. Ele era um ajudante nos estábulos, então não o conhecia muito bem.

Aurora se virou na cadeira.

— Desaparecido? O que quer dizer?

— Ele foi para casa ver a mãe — explicou Marjory, agarrando-se corajosamente às mechas de cabelo que estava trançando —, mas nunca chegou lá e ninguém mais o viu desde então.

Poucos minutos depois, Aurora desceu as escadas às pressas, usando sapatinhos de seda e vestido verde.

Lorde Ortolan tentou interrompê-la enquanto ela caminhava em direção às portas do palácio.

— Vossa Majestade, estou tão feliz que esteja acordada. Se eu puder obter vossa atenção por um momento, há a questão de uma flora mágica crescendo ao longo da fronteira...

— Eu gostaria de falar com a família do garoto desaparecido.

A surpresa dele foi evidente.

— Mas como sabia?

— Isso não importa — disse ela da maneira mais agradável que conseguiu —, posto que evita que o senhor tenha de me explicar o assunto, o que decerto estava prestes a fazer.

— Certamente — ele disse com suavidade. — Mas temos outros assuntos urgentes para discutir. O caso do garoto pode esperar.

— Não! — cortou Aurora. — Eu não acho que possa.

Lorde Ortolan gaguejou e hesitou, mas, como não podia contradizer a ordem da rainha, acabou chamando um lacaio para levar a família do menino ao solar, um espaço mais íntimo do que o grande salão cavernoso.

Aurora ficou contente. Gostava do solar. Não havia um trono para ela sentar-se, intimidando a todos que viessem fazer-lhe um pedido. Em vez disso, ela se acomodou numa cadeira acolchoada e refletiu sobre maneiras de encontrar o garoto. Alertaria seu castelão e faria seus soldados vasculharem por toda parte. Talvez, depois que falasse com a família, tivesse mais informações sobre como concentrar a busca.

Poucos minutos depois, três pessoas entraram: um homem segurando o chapéu na mão e duas mulheres mais velhas. O homem curvou-se até o chão, enquanto as mulheres fizeram profundas reverências.

— Seu filho desapareceu? — Aurora perguntou.

Uma das mulheres deu um passo à frente. Ela era tão magra que poderia ser soprada para longe por uma onda de fumaça. Um vestido gasto caía sobre seus ombros emaciados.

— Vossa Majestade precisa convencer as fadas a devolverem nosso pequeno Simon.

— Vocês acham que foram *fadas* que o levaram? — exclamou Aurora, incrédula. — Mas por quê?

— Ele tem um jeito encantador com animais — explicou o homem, e Aurora percebeu que ele devia ser o pai de Simon. — E sabe tocar uma flauta de junco como ninguém, embora tenha apenas catorze anos. Ora, até os velhos ficavam de pé e se punham a dançar. O Povo das Fadas tem inveja de meninos espertos assim. Eles o queriam para si.

Eis o motivo pelo qual o país precisava de um tratado, e exatamente o motivo pelo qual era tão difícil negociá-lo.

Aurora tinha certeza de que não fora o Povo das Fadas que levara o garoto — fadas gostavam de flautistas, claro, mas não *tanto* assim —, mas também tinha certeza de que a família de Simon não acreditaria nela sem provas.

— Será que alguma outra coisa poderia ter acontecido com ele? — ela perguntou gentilmente.

Lorde Ortolan limpou a garganta.

— O garoto era um ladrão.

A outra mulher falou. Seu cabelo era branco e estava preso num grande coque, e sua voz tremeu um pouco de raiva:

— Seja lá o que vocês tenham ouvido… São boatos mentirosos.

— Boatos? — Aurora os estimulou a falarem. — O que ele foi acusado de roubar?

— Um de seus cavalos, Vossa Majestade — respondeu Lorde Ortolan. — E, ainda, uma prata da casa. O motivo pelo qual ninguém consegue encontrá-lo é porque ele fugiu.

— Isso não é verdade — rebateu o homem. — Ele era um bom menino. Gostava do trabalho. Não tinha namorada e nunca esteve na cidade mais próxima.

— Verei o que consigo descobrir — prometeu Aurora.

— As fadas o raptaram — disse a mulher idosa de coque. — Pode acreditar em mim. Vossa Majestade, perdoe-me, mas elas estão se sentindo encorajadas com vossa presença no trono. Ora, outro dia...

— O gato — o homem completou balançando a cabeça, sabendo o que ela iria falar.

— *Gato*? — Aurora perguntou, e quase instantaneamente se arrependeu da pergunta.

Eles relataram-lhe sobre o contador de histórias e Malévola, e, embora nenhum deles estivesse presente quando aconteceu, Aurora não duvidou de que fosse verdade. Quando foram conduzidos para fora, cerca de vinte minutos depois, Aurora ficou para trás com o coração pesado.

— Se me dá licença... — ela pediu a Lorde Ortolan ao levantar-se da cadeira.

— Vossa Majestade — ele pigarreou novamente —, deve se lembrar de que havia um assunto para tratarmos.

— Eu lembro que o senhor não queria que eu falasse com a família de Simon — disse ela bruscamente.

Não era a primeira vez que considerava demitir Lorde Ortolan. Se ao menos não tivesse tanta influência na corte. Se ao menos ele não fosse o único que entendia como tantas coisas do reino funcionavam. Estava claro que o Rei Stefan havia permitido que Lorde Ortolan administrasse todos os aspectos práticos de Perceforest, enquanto ele alimentava sua obsessão por Malévola e tentava controlar suas asas cortadas.

— Eu não queria que Vossa Majestade perdesse tempo falando com essa gente. Afinal, é meu dever e privilégio protegê-la de tais infortúnios, que, naturalmente, causam desconforto a uma jovem rainha — disse Lorde Ortolan suavemente. — Mas aconteceu outra coisa.

Aurora pensou no café da manhã, do qual não tivera tempo de comer mais do que uma mordida, e em todas as outras tarefas que deveria estar fazendo. Pensou no menino desaparecido e no relato dos aldeões de que Malévola transformara um contador de histórias em um gato. Pensou no tratado. Não queria ouvir mais nada que estivesse dando errado.

Contudo, não podia expressar nada disso em voz alta, em especial para Lorde Ortolan, que adoraria eliminar todos os seus problemas e tomar todas as decisões por ela.

— Muito bem — ela falou. — Do que se trata?

Ele limpou a garganta mais uma vez.

— Flores, Vossa Majestade. Uma parede de flores está crescendo ao redor de Perceforest.

— Deve ser *bonita*… — disse ela, perplexa com o tom severo dele.

Lorde Ortolan franziu o cenho e foi até uma escrivaninha onde havia uma caixa de madeira.

— Sim, entendo que possa soar como algo bonito. Mas deve se lembrar da cerca espinhosa que rodeava os Moors, protegendo-os dos humanos.

Aurora esperou que ele explicasse o significado da cerca-viva espinhosa.

— Nosso reino está isolado dos outros? O comércio não é mais possível?

Lorde Ortolan tornou a pigarrear, ruidosamente.

— Não é isso, não *exatamente*. Não há flores nas estradas. Bem... As flores cresceram em forma de arco por cima das estradas. Ainda é possível entrar e sair de Perceforest. Mas os comerciantes estão com medo. Muitos estão desistindo de vir. E alguns do nosso povo têm medo de partir, temendo que as passagens se fechem.

Ele abriu a caixa de madeira. Ali dentro havia um pouco de hera com duas grandes rosas, ambas de um preto muito escuro, que parecia tinta derramada. O exterior de cada pétala brilhava como couro polido, enquanto o interior tinha uma espessa camada opaca e aveludada. Na ponta de cada pétala havia um espinho como o ferrão na cauda de um escorpião.

— Ah — disse Aurora. — Entendo que isso pode ser um pouco alarmante.

— Um pouco? — Lorde Ortolan engasgou-se com as palavras. — Isso deve ser obra de sua madrinha, mas o que ela pretende?

— Ela não quer fazer mal a ninguém em Perceforest — disse Aurora, acariciando uma das pétalas negras. Era muito macia, apesar de espinhosa, e muito bonita. Assim como sua madrinha.

— Vossa Majestade, como podemos ter certeza? — Lorde Ortolan insistiu.

— Ela está sendo *prestativa* — disse Aurora com um sorriso afetuoso —, o que significa que será muito mais difícil convencê-la a parar.

4

Quando Malévola coroou Aurora como rainha de dois reinos, não imaginava que a estivesse colocando em perigo. Parecia o plano perfeito. Afinal, Aurora queria viver nos Moors e já era herdeira de Perceforest. Era uma humana que as fadas amavam, e humanos certamente também teriam a predisposição para amá-la.

Malévola acreditava que Aurora seria uma excelente rainha.

E ela *era* excelente.

O cargo é que se mostrou terrível. Nos Moors, a única expectativa com relação à Rainha Aurora era de que ela os protegeria de ameaças externas. Em Perceforest, todavia, o perigo vinha de todos os lados — assim como as obrigações: quando não estavam lhe enganando ou tentando roubar o trono, os súditos queriam que ela resolvesse todos os seus problemas.

E, uma vez que fora Malévola que colocara Aurora naquela situação, decidiu ajudá-la — de forma discreta. Nada que desse muito na cara.

Algumas sementes plantadas ao longo das fronteiras. Poções preparadas para proteger Aurora contra venenos. Um criminoso ocasional acordando nas prisões reais, implorando para confessar. Tempestades com relâmpagos espremidas das nuvens quando parecia que as fazendas de Perceforest tinham ficado muito tempo sem chuva.

E, se as pessoas ficassem amedrontadas quando um trovão ressoava em volta de Aurora, bem, tisso não era de todo ruim. Seria um bom lembrete de que, se os humanos sequer pensassem em atacá-la, ninguém conseguiria deter Malévola.

Mas, em suas viagens por Perceforest, ela descobrira algo que não esperava.

A natureza dos humanos.

Malévola conhecia alguns deles, é claro, mas *bem* poucos. Realmente não sabia como a vida deles podia ser desesperadora. Ela não os tinha visto cavando a terra em busca de comida, os rostos enrugados e os corpos curvados. Não tinha visto crianças famintas nem jovens apaixonados separados pela ganância, não tinha visto a crueldade que os vizinhos infligiam uns aos outros.

Agora ela pousava sobre as árvores e os observava. Isso a fazia se lembrar de quando vigiava Aurora ainda bebê, negligenciada pelas fadinhas que deveriam criá-la.

Fazia com que pensasse em Stefan, órfão e desesperado por poder.

E lhe dava a certeza de que afastar Aurora dos humanos seria a melhor maneira de protegê-la.

Só que, por mais que quisesse, não podia simplesmente arrastar a garota de volta para os Moors e ali mantê-la. Não, tinha de fazer Aurora passar mais e mais tempo entre as fadas, até que se esquecesse completamente dos humanos. Para isso, Malévola precisava de algo extraordinário.

Um palácio nos Moors.

Um lugar majestoso que faria o castelo de Perceforest parecer uma pilha de entulho.

Esticando os dedos, começou a torcer e modelar a terra, movendo solo e pedras em espiral até o alto de uma colina. E, então, começou a construir o palácio, transformando grandes pedras em paredes e videiras grossas em escadas. As torres se ergueram no ar, cobertas de musgo, verdes e magníficas. Quando terminou, havia um castelo onde nenhum castelo jamais existira antes, todo de folhas e flores, madeira e pedra — uma construção viva, pulsando com magia.

E, se uma parte de si esperava compensar a dor que já infligira a Aurora com esse presente verdadeiramente extravagante, se parte da própria estrutura parecia ter sido moldada por sua culpa e seu medo de perder Aurora novamente, bem, isso só o tornava ainda mais belo.

5

Aurora passou o restante da manhã e o início da tarde escrevendo cartas e chamando mensageiros para entregá-las. E escreveu ao seu castelão, ordenando-lhe que enviasse soldados e vigias para procurar o garoto desaparecido. Enviou um bilhete para o encarregado dos estábulos, pedindo-lhe que fornecesse uma descrição do garoto — e que verificasse se faltava mesmo um cavalo. E pediu que um lacaio averiguasse a questão da prataria.

Por fim, escreveu para sua madrinha.

As outras cartas podiam ser entregues por mensageiros, mas não aquela. Aurora levou-a até o pombal, onde encontrou um pássaro que trouxera dos Moors. Tinha as asas brancas e a cabeça preta. Aurora o chamava de Burr.

— Aqui está — sussurrou para o pássaro enquanto prendia o bilhete em sua perninha com um laço de barbante delicadamente amarrado. Depois, ela o pegou, segurando o corpo frágil em suas mãos. Sob a penugem macia, ela podia sentir as batidas rápidas de seu coração. — Leve minha mensagem diretamente para Malévola.

Ao lançar o pássaro ao ar, pensou em outras asas. Asas presas por seu pai, o Rei Stefan. Asas voando para casa.

Na hora da cavalgada com Conde Alain e o resto da corte, já ansiava para estar na floresta, cercada pelos aromas reconfortantes de terra úmida e folhas caídas. Mesmo assim, Aurora se perguntava se deveria cancelar o passeio. Em algum lugar de seus territórios, havia um garoto desaparecido e, embora fosse perfeitamente possível que ele tivesse fugido para outra cidade com o cavalo roubado, não conseguia parar de pensar nos apelos de sua família para que ela acreditasse que Simon era virtuoso demais para isso.

Aurora enfim lembrou-se de que ser governante significava não se distrair com todos os problemas de seu reino. Ela precisava ir ao passeio, porque se pudesse mostrar à sua corte a beleza dos Moors, talvez conseguisse avançar no estabelecimento de seu tratado de paz.

Não era fácil se concentrar no todo, mas tinha de tentar.

Marjory a convencera a trocar o traje, e ela colocou um vestido mais pesado, verde-escuro e com heras bordadas na gola ao redor do pescoço. Como acessórios, usava meias quentes, botas de montaria e um manto de lã decorado com fitas largas.

Marjory também refizera seu cabelo com uma série de tranças que se cruzavam nas costas, como os cordões de um espartilho. Então, finalmente, Aurora seguiu para os estábulos com a capa esvoaçando atrás de si.

Assim que chegou à baia — onde seu cavalo cinza malhado, Nettle, a esperava —, ouviu um zumbido familiar.

Knotgrass, Thistlewit e Flittle voaram para os estábulos, obviamente sem fôlego. Embora tivessem usado disfarces humanos durante a maior parte da infância de Aurora, as fadinhas já não se preocupavam em esconder sua magia e voavam por toda parte com suas asinhas coloridas.

— Oh, que bom, nós alcançamos você a tempo — disse Flittle, puxando o chapéu em forma de jacinto-silvestre.

— Qual é o problema, tias? — Aurora perguntou, alarmada.

— Você não deveria correr assim — repreendeu Knotgrass, um pouco ofegante. — Damas elegantes não saem correndo pelos corredores e pátios de castelos!

— Nem fazem careta — disse Flittle ao ver a expressão de Aurora.

— E você precisa mesmo montar um animal de aparência tão feroz? — perguntou Thistlewit. — Simplesmente não parece seguro. Não há um coelhinho bonito que poderia carregá-la? Um coelhinho bonzinho e sedoso. Não é uma boa ideia?

— Ela é grande demais para um coelho — pontuou Flittle.

— Eu poderia fazer um coelhão — disse Thistlewit. — Ou, talvez, encolher Aurora. Você não gostaria de ser um pouco menor, minha querida?

Sabendo que a magia delas era errática, na melhor das hipóteses, Aurora sacudiu a cabeça com veemência.

— Gosto de mim do tamanho que tenho. E gosto de coelhos do tamanho que eles têm. Agora, sobre *o que* vieram falar comigo?

— Ah, apenas uma coisinha — respondeu Flittle. — Às vezes, seus súditos nos procuram para perguntar sobre suas *preferências*. Porque sabem que a conhecemos muito bem. Ora, nós nos consideramos suas *conselheiras mais confiáveis*, e temos certeza de que concorda.

Aurora as conhecia o suficiente para saber que nada as faria mudar de ideia, então ficou quieta.

Knotgrass interrompeu:

— Outro dia, contamos à cozinheira sobre seus pratos favoritos. Claro, eu disse a ela que você adora *trifle*, especialmente de framboesa.

Flittle colocou as mãos na cintura.

— E eu informei a Knotgrass que você tem *alergia* a framboesa.

— Tripas — disse Thistlewit.

— Sua mal-educada! — exclamou Flittle.

— Não — disse Thistlewit. — Aurora adora tripas. Tenho quase certeza. Eu me lembro bem de que…

— Minha comida favorita definitivamente não é tripa — interveio Aurora. — E eu não tenho mais alergia a framboesa desde que era muito pequena, o que eu não sou mais, apesar de ninguém parecer perceber.

Depois disso, montou no cavalo. Sem dizer mais nada, ela cavalgou para se juntar aos cortesãos que a esperavam no pátio.

Quando chegou lá, sentiu-se culpada. Sabia que as fadinhas tinham boa intenção. Só estava cansada. E irritadiça. E sentindo-se sufocada.

— Vossa Majestade! — o Conde Alain bradou ao vê-la se aproximar.

Ele estava usando um colete de veludo. Seu cavalo era preto, com a pelagem tão escovada que brilhava. Um laço fora amarrado na lateral de sua sela.

Ao lado dele estava Lady Fiora, sua irmã caçula, vestindo um tom claro de cor-de-rosa. Ela acenou ansiosamente para Aurora, depois virou-se para dizer algo ao Príncipe Phillip. Ele estava montado num cavalo branco e portava uma espada. Quando deu um meio sorriso para Aurora, ela se sentiu leve pela primeira vez naquele dia.

Mas, antes que pudesse cavalgar até ele e desabafar seus problemas, Lorde Ortolan puxou seu cavalo para o lado dela.

— Que boa ideia do Conde Alain — disse a Aurora.

À frente, o Príncipe Phillip fez um comentário a Lady Fiora. A risada da garota ecoou, e Aurora só queria pedir a Lorde Ortolan que fosse embora. Foi apenas a lembrança de sua grosseria com as tias que a fez morder a língua e assentir para ele.

— Sim. Na verdade, eu deveria ir agradecer...

— Sabe — prosseguiu Lorde Ortolan em seu tom enfadonho de costume —, eu estava presente quando seu pai assumiu o trono.

O Rei Stefan ganhou a coroa decepando as asas de Malévola e apresentando-as ao avô de Aurora. Ela odiava pensar naquilo e detestava o tom de Lorde Ortolan, que falava como quem se recorda de algo bom.

— Fui eu — continuou o lorde — quem lhe ensinou a se comportar como um governante. Você sabe que ele cresceu muito pobre, era filho de um pastor. Graças à minha tutelagem, ninguém fazia referência à sua origem humilde. Ele se apresentava como um rei, e um rei era o que todos viam nele. Também posso lhe ensinar.

— Não sou como meu pai — retrucou Aurora, e a firmeza de seu tom a surpreendeu.

— Não, mas é esperta para uma moça — disse Lorde Ortolan. — Aprenderá rapidamente.

Outra coisa com a qual Aurora não tinha crescido na floresta: *homens*. Não fora acostumada a ser diminuída por eles, então não sabia bem como reagir a isso.

Alheio à irritação de Aurora, Lorde Ortolan continuou:

— O mundo é diferente para você, é claro, sendo uma moça. Os perigos são maiores. É por isso que meu aconselhamento é valioso. Por exemplo, já deve ter notado que o Príncipe Phillip está sempre ao seu lado. Eu acredito que ele esteja aqui para conquistar as suas terras e anexá-las a Ulstead por meio de um casamento. Tenha cuidado com ele.

— Casamento? — Aurora repetiu, assustada com sua raiva crescente. — O senhor acha que Phillip quer *se casar comigo*? O senhor não entende…

— Há alguns jovens de seu próprio povo muito apropriados para isso — prosseguiu Lorde Ortolan. — E, quando se casar, não terá mais o fardo de governar. Quando seu pai era rei, a Rainha Leila não tinha assuntos de Estado com que se preocupar. Posso recomendar-lhe alguns nobres cavalheiros.

Por um momento, Aurora compreendeu a tentação que Malévola enfrentava com toda a magia que possuía. Não podia jurar que não transformaria Lorde Ortolan num gato, se pudesse.

— Deixe-me esclarecer uma coisa. *Eu* sou a rainha de Perceforest e dos Moors, e não considero o governo de meus reinos um fardo.

Ela apertou as pernas com mais força contra o lombo de Nettle. O cavalo acelerou, deixando Lorde Ortolan e seus conselhos irritantes para trás.

6

Malévola andava de um lado para o outro nos Moors, fazendo a bainha de seu longo vestido preto varrer rochas cobertas de musgo e lama. As penas escuras de suas asas tremulavam ao vento.

Diaval, em sua forma de corvo, petiscava besouros que corriam aos pés dela, cujas asas verdes davam-lhes a aparência de joias espalhadas pelo chão.

— Ela é muito meiga — disse Malévola.

Não houve resposta do corvo.

— Está ouvindo? — perguntou-lhe, carrancuda. Com um movimento rápido da mão dela, Diaval se tornou humano, agachado no chão, com um besouro ainda na boca.

Levantou-se com um suspiro, mastigando o inseto. Seu cabelo era tão negro quanto suas penas de corvo, e havia algo de animalesco em seu olhar. E reconfortante.

— Sempre, senhora — disse, limpando uma perninha do lábio inferior. — Ela é muito meiga, a Aurora. Um terrível traço de personalidade, com certeza.

Isso só piorou o mau humor dela.

— Ela foi criada por *fadinhas* — continuou Malévola. — *Na floresta*! Será presa fácil de farsantes.

— Sim, senhora. Muito provavelmente — concordou Diaval.

— Conte-me mais sobre o que observou — ordenou Malévola, irritada com a indisposição de Diaval para conversar.

Perto dali, um gato preto — que já fora uma criatura totalmente diferente — tentava escalar uma árvore para capturar um pombo empoleirado no galho mais baixo. O gato agarrou-se ao tronco, mas logo caiu para trás. O pombo — aquele que Aurora chamava de Burr — nem se abalou.

— Ela estava cavalgando — disse Diaval. — Aquele velho chato e metido a conselheiro real estava cochichando com ela.

— E o príncipe? — Malévola perguntou.

— Cavalgando com os guardas, talvez para evitar várias donzelas que tentavam chamar sua atenção e separá-lo do grupo.

Ela pôs-se a andar de novo, franzindo a testa.

— E o conde que a convidou?

— Até onde sei, os dois mal trocaram uma palavra um com o outro — informou Diaval.

— Por enquanto. — Malévola tirou a carta de Aurora das dobras do vestido e a alisou, examinando-a novamente.

Seu olhar recaiu sobre o gato. Diaval o encontrara e persuadira Malévola a trazê-lo para os Moors, sob o pretexto de que talvez ainda não fosse muito bom em coisas felinas. Para ela, porém, pela maneira como observava Diaval quando estava na forma de corvo, parecia que o gato estava aprendendo perfeitamente rápido.

Apertou os lábios quando se virou para o castelo, e sua frustração aumentou.

— Não gosto que Aurora esteja tão longe de nós. Teria sido tão terrível assim se ela tivesse ficado dormindo um pouco mais?

— *Senhora!* — repreendeu Diaval, com uma expressão de genuína surpresa.

— Só mais um pouquinho — disse Malévola com um beicinho. — Até que tivesse 25 anos, talvez.

Diaval não respondeu, mas era claro que pensava que ela tinha ido longe demais.

Malévola deu um grande suspiro.

— Nós só temos que garantir que nada aconteça com ela. Agora que a maldição foi quebrada, ela pode estar protegida e segura. Para sempre.

— Está falando das suas, ahn, *flores*? — perguntou Diaval.

As flores estavam indo muito bem, pensou Malévola. A cada semana, os arbustos ganhavam trinta centímetros de altura; os galhos se tornavam mais densos; os espinhos, cada vez mais longos e pontudos. Um dia, teriam o tamanho de adagas, longos o suficiente

MALÉVOLA: O CORAÇÃO DA RAINHA

para perfurar o coração de um homem. Isso manteria Perceforest a salvo, mesmo que, de acordo com a carta, Aurora não estivesse convencida de que eram necessários.

Malévola fez uma careta.

— Se ao menos ela os *aterrorizasse*, enchendo-os de admiração e pavor. Humanos só amam aquilo de que sentem medo.

— Eu não tenho medo de você — disse Diaval.

Ela o encarou por um longo momento, sem saber se o entendera corretamente.

— E?

— Hum, nada — ele continuou. — Suponho que eu não seja humano.

— Não — disse Malévola, colocando um dedo sob o queixo dele, a unha afiada pressionando contra a sua pele. — E, como você me lembra com frequência, nem gostaria de ser. Agora, sabe o que eu espero de você?

Ele ergueu uma só sobrancelha.

— Nunca se pode ter certeza absoluta, senhora.

— Espero que não falhe comigo — ela explicou, virando-se para longe dele e arrastando a cauda preta do vestido.

Olhou por cima do ombro:

— Ou com Aurora. Vamos procurá-la.

Diaval piscou de volta para Malévola. Havia um quê de pássaro na inclinação de sua cabeça.

— Ela também não tem medo de você, sabe. Nunca teve. E é inteiramente humana.

7

Ainda furiosa, Aurora fez seu cavalo ultrapassar o de Lorde Ortolan.

— Do que ele estava falando? — Lady Fiora perguntou, recuando para cavalgar ao lado de Aurora. Ela olhou para trás, para o conselheiro. — Aquele velho fóssil. Aposto que está tentando entediá-la até que o deixe controlar sua tesouraria.

— Ele parece mais preocupado em impedir que o Príncipe Phillip roube meu coração — Aurora confidenciou rindo.

Lady Fiora também riu.

— Sem chance. Ele logo voltará para casa, em Ulstead.

Aurora perguntou-se se seu cavalo tropeçara, porque experimentou uma curiosa sensação de estômago embrulhado.

— Não é possível. Ele teria dito algo.

Sua companheira baixou a voz para um sussurro.

— Minha criada o escutou conversando com um mensageiro de seu reino hoje. Ao que tudo indica, deve partir dentro de uma semana.

Aurora inspirou profundamente, sentindo os aromas conhecidos da floresta. O sol salpicava o solo, infiltrando-se por entre as folhas e criando estampas móveis por toda a floresta. Deveria ter se sentido melhor, mas agora só conseguia pensar na partida de Phillip.

Por algum motivo, pensou que tudo continuaria exatamente do jeito que estava.

Mas é claro que era impossível. Os pais deviam sentir a falta dele. E Phillip tinha obrigações a cumprir em seu reino, talvez até o dever de se casar, como Lorde Ortolan sugerira — mas não com ela.

— Aqui não é lindo? — forçou-se a dizer, e sua voz saiu quebradiça.

Lady Fiora olhou ao redor.

— Não tenho medo de cavalgar pela floresta num grupo grande, mas os *sons* me preocupam. Pode haver ursos. Ou víboras. Ou fadas.

Aurora cogitou dizer a Lady Fiora que ursos e cobras fugiriam de todo aquele barulho feito por humanos, mas não tinha certeza de que Lady Fiora consideraria isso animador.

— As fadas não a machucariam — tentou.

Lady Fiora lançou um olhar estranho para Aurora, mas não a contestou. Não se contradiz uma rainha.

— E há muitas maravilhas na floresta — Aurora continuou, conduzindo seu cavalo em direção a um canteiro de frutos silvestres. Inclinou-se para baixo e arrancou algumas amoras maduras, então as estendeu para Lady Fiora, que sabia gostar de doces. — Viu?

O nariz delicado de Lady Fiora se enrugou.

— Fruta crua? Com certeza faz mal.

Conde Alain cavalgou até o lado delas, avistando a recompensa na mão de Aurora.

— Que bela iniciativa — disse. — Talvez possamos levá-las para a cozinha. Tenho certeza de que o cozinheiro ficaria encantado.

O cozinheiro do palácio não servia frutas ou vegetais que não estivessem totalmente cozidos, refogados ou assados em uma torta. Aurora pensava que era para exibir suas habilidades culinárias, não porque os nobres acreditavam que comer frutas e vegetais crus lhes faria mal. Passara a infância devorando amoras cruas, muitas vezes voltando para casa com as mãos e a boca manchadas, e nada de mal lhe acontecera. Jogou as amoras para dentro da boca, para espanto de seus companheiros.

— Algum dia, em breve, espero convencê-la a visitar as terras da minha família — disse Conde Alain, recuperando-se do choque. — Vejo que tem um grande apreço pelo ar livre, e meu cantinho de Perceforest é bastante rústico.

— Você deve sentir saudades de casa — Aurora disse ao Conde Alain, mas era em Phillip que estava pensando.

— Ainda assim, é difícil me afastar de vossa senhoria — disse ele com um sorriso. — A única solução é irmos juntos. Há rios cheios de peixes. Florestas lotadas de presas. E, claro, as minas de ferro mais ricas de todo o reino.

Aurora reprimiu um arrepio. Não era culpa do Conde Alain que sua região do reino produzisse ferro, que era venenoso para as fadas. O ferro tinha outras utilidades. Panelas, carroças e barris, todos eram feitos com ferro.

— Essas minas são a fonte da riqueza da minha família. Permitiu-nos construir uma propriedade que espero ser do seu agrado. Importamos laranjeiras do sul e as mantemos aquecidas, cultivando-as em galpões.

Antes que o Conde Alain pudesse entrar em mais detalhes sobre os esplendores de sua propriedade, o cavalo do Príncipe Phillip trotou para o lado do corcel de Aurora.

— Odeio interromper — disse Phillip —, mas acho que posso ter encontrado um lugar de interesse. Estamos muito perto do lugar onde você foi coroada, nos Moors, não é?

Ela se lembrou daquele dia, lembrou-se de suas tias trazendo-lhe a coroa e de Malévola declarando-a a rainha que uniria os dois reinos. Tinha acabado de pegar a mão coberta de casca de árvore de uma das árvores-sentinelas quando notou que Phillip estava entre as fadas, com seu olhar sobre ela e um sorriso suave no rosto. Seu coração bateu tão forte que ela ficou um pouco em pânico.

Isso foi antes de saber sobre o beijo.

Ele não era para você, Thistlewit dissera mais tarde naquela noite. *Ele não conseguiu acordá-la, então não pode ser o seu verdadeiro amor. Um menino tão bonito como ele deve ser apaixonado demais por si mesmo, aí não sobra lugar para mais ninguém.*

De início, foi doloroso ouvir aquilo, mas, depois, tornou-se um alívio. Afinal, se Phillip não a amava, então não havia problema em dividir coisas embaraçosas com ele. Podia ser honesta. Podia ser ela mesma.

— Sim — disse Aurora. — Muito perto.

— Você já esteve nos Moors antes, Príncipe Phillip? — Lady Fiora perguntou. — Deve ser muito corajoso.

Isso rendeu a ela uma rápida reprimenda vinda do olhar de seu irmão.

— Nem um pouco — disse Phillip. — É um lugar extraordinário. Há plantas que nunca tinha visto antes, rosas de cores que não tenho palavras para descrever. E tudo está vivo. Até as pedras se movem. Todas as folhas de uma árvore podem levantar voo, e só então você perceberia estar no meio de um enxame de fadas.

Aurora nunca tinha ouvido um humano descrever os Moors com tanta beleza.

Lady Fiora encarava o Príncipe Phillip como se o achasse ainda mais corajoso do que antes.

— Eu teria desmaiado se visse metade dessas coisas. Mas acredito que você me apanharia antes que eu caísse.

Aurora revirou os olhos. O Príncipe Phillip parecia perplexo com o flerte.

— Imagino que tentaria.

— Se estamos tão perto e você gosta tanto do lugar, devia aproveitar para explorar os Moors novamente — disse Conde Alain, aborrecido. — Isto é, se Aurora o permitir.

Phillip riu. Foi uma risada gentil, gentil o suficiente para tirar a acidez das palavras de Conde Alain.

— Bem, eu estava me perguntando se conseguiríamos avistar os Moors lá de cima. Aurora nos trouxe aqui para dar uma olhada. — Ele apontou para o alto da colina. Parecia haver uma saliência rochosa acima deles, mas, para chegar a ela, seria preciso sair da trilha e cavalgar por uma área repleta de árvores.

Aurora conduziu seu cavalo colina acima com um sorriso travesso.

— Eu acredito que podemos. Vamos explorar à frente.

Phillip a seguiu.

— Aonde estão indo? — Lady Fiora gritou atrás deles.

— Ver a Terra das Fadas! — o Príncipe Phillip gritou de volta.

Lady Fiora hesitou, olhando para o irmão. Conde Alain ficou carrancudo.

Aurora viu Lorde Ortolan montado em seu cavalo e não pôde deixar de se lembrar de seu aviso: *Acredito que ele esteja aqui para conquistar as suas terras e anexá-las a Ulstead por meio de um casamento.*

Mas ele não estava fazendo isso. Phillip ia voltar para casa. E nem tinha contado para ela.

Ele voltaria ao seu reino e, um dia, se casaria com uma nobre de lá. E, embora sempre fossem ser amigos, sua vida provavelmente ficaria mais ocupada. Ele teria menos tempo livre. Ela faria cada vez menos parte de sua vida. Quanto mais pensava nesse futuro, mais inevitável ele parecia, e mais triste Aurora ficava.

Um pouco acima na colina, Phillip parou seu cavalo.

A paisagem mudava onde os Moors começavam. Poças cristalinas de água azul cintilavam ao redor de pilares de pedra e pequenas ilhotas rochosas pontilhavam lagos. As árvores eram envoltas por heras reluzentes de um verde vibrante. Aurora podia ver nuvens do que pareciam ser borboletas espalhadas pelos céus. Wallerbogs corriam pelas margens. Fadas-cogumelo espiavam por trás das rochas enquanto fadas d'água saltavam das profundezas, os corpos azuis brilhando à luz do sol.

Sim, aquele era o local perfeito para levar a sua corte.

— Gostaria que pudéssemos deixar os outros cavaleiros e ir nadar — observou o Príncipe Phillip.

Aurora riu.

— Lorde Ortolan morreria do coração.

— Nós sabemos que Lady Fiora desmaiaria — ele respondeu —, principalmente quando eu afundasse você embaixo de um lírio.

Aurora empurrou o ombro de Phillip.

— Você não ousaria tentar me afundar!

— Considere isso como um ato de guerra de um reino vizinho.

Ela já abria a boca para replicar quando as palavras a golpearam. *Um reino vizinho.* O reino dele.

— Phillip — ela começou —, é verdade que...

Mas, antes que conseguisse perguntar, guardas gritaram. Phillip e Aurora trocaram olhares e, em seguida, começaram a descer a colina.

No meio do caminho, ela avistou um corvo voando em círculos. Um corvo muito familiar.

O que Diaval estava fazendo ali?

Quando chegou ao pé da colina, Aurora encontrou seus guardas cercando um grande arbusto com armas em punho.

Pensou no garoto desaparecido, Simon. Será que ele simplesmente se perdera na floresta?

— Esperem! — gritou, saltando do cavalo. — O que quer que estejam cercando aí, não o machuquem.

Em um instante, Phillip já estava ao seu lado, de espada na mão.

— Não é um animal selvagem nem uma fada, Vossa Majestade — disse um dos guardas com um sorriso malicioso.

Outro enfiou uma vara no arbusto. Um berro saiu lá de dentro. Um berro muito humano.

— Parem! — ordenou Aurora. — Isso é cruel.

Os soldados pareciam rebeldes, incertos quanto a obedecer. Um instante depois, recuaram.

Um homem saltou para fora dos arbustos, carregando um par de coelhos abatidos junto ao peito. Tinha uma barba desgrenhada e vestia farrapos. Olhou para o grupo de cavaleiros, ficando boquiaberto ao avistar Aurora, então saiu correndo.

Três guardas o perseguiram e um deles derrubou o homem no chão. Então os outros dois o agarraram pelos braços e o forçaram a ficar de joelhos.

— Um caçador clandestino — concluiu Lorde Ortolan, com repulsa. — E ainda por cima caçando nas terras da rainha.

Lady Fiora amontoou-se com algumas outras moças que seguravam seus cavalos pelas rédeas. Pareciam um pouco assustadas, e Aurora foi percebendo que esperavam que ela punisse o homem imediatamente.

— Vossa Majestade — rogou o sujeito, apertando os coelhos desesperadamente —, por favor. Minha família está com fome. A produção de nossa fazenda foi baixa este ano e minha mulher está muito doente.

Um guarda o atingiu na lateral com a vara.

— Silêncio!

Outro arrancou os coelhos de suas mãos.

O camponês olhou para baixo e ficou mudo. Estava tremendo visivelmente.

— Que punição ele espera? — Aurora perguntou ao Príncipe Phillip. Para o homem ter tanto medo, devia ser muito ruim.

Lorde Ortolan abriu caminho à frente, claramente feliz por ser útil. Antes que Phillip pudesse se pronunciar, ele falou:

— Cegá-lo seria considerado misericordioso.

Aurora ficou pasma.

— Vamos costurá-lo na pele de um cervo e soltar nossos cães em cima dele — disse um dos guardas. — Isso é o que seu avô, o Rei Henry, teria feito.

Alguns dos outros guardas riram.

O homem começou a chorar e a implorar de maneira incoerente.

Eram esses os mesmos humanos que achavam que as fadas dos Moors eram monstros? Será que não percebiam como era horrível ter tanto e não querer dar nada a alguém em necessidade?

Aurora abaixou-se perto do lavrador.

— Qual é o seu nome? — perguntou.

— Hammond, Vossa Majestade — ele conseguiu balbuciar em meio às lágrimas. — Oh, por favor...

Aurora odiava a ideia de caçar, mas Hammond não era mais cruel do que uma raposa, coruja ou outro animal que matava para alimentar seus filhotes — e, assim como não poderia punir esses animais, também não tinha justificativa para puni-lo. O homem estava apenas tentando sobreviver. Os nobres matavam muito mais do que podiam comer e não tinham justificativa para isso.

— Você pode caçar coelhos na minha floresta, desde que sua família precise de comida, Hammond — declarou.

A rainha se virou para os guardas e se aprumou. Desta vez, quando falou, não escondeu sua raiva nem seu horror pelo tratamento que deram ao homem.

— Devolvam os coelhos que ele pegou e deixem-no ir.

Nenhum soldado hesitou em obedecê-la.

— Por certo deve haver *alguma* punição — Lorde Ortolan falou bruscamente —, ou os camponeses vão tirar vantagem de vossa senhoria. Acabarão com vossas florestas.

Aurora queria contradizê-lo, mas provavelmente era verdade que *a ausência de regras* sobre a caça nas terras reais resultaria no esvaziamento da floresta, mas não necessariamente pelas mãos dos mais necessitados.

— Declaro que, de agora em diante, qualquer cidadão de Perceforest pode capturar um único coelho da floresta da rainha, sem punição. Além disso, qualquer pessoa que esteja com fome pode vir ao palácio para receber uma porção de cereal para cada membro de sua família.

— O tesouro real não tem como sustentar isso — Lorde Ortolan se pronunciou, tentando reprimi-la.

— Se as pessoas estiverem alimentadas, não terão de roubar. E poderão pagar seus impostos.

Se o tesouro podia arcar com todas as guloseimas disponíveis aos nobres, poderia pagar cereais para famílias em dificuldade, Aurora pensou.

— *Além disso*, eu proclamo que ninguém, sob nenhuma circunstância, deve cegar outra pessoa ou costurá-la em uma pele de cervo e atirá-la aos cães. Está entendido?

Hammond curvou-se várias vezes diante da rainha.

— Abençoada seja, Vossa Majestade. A senhora é a bondade em pessoa.

Então, tropeçando nos próprios pés, mais uma vez agarrando com força os coelhos contra o peito, pôs-se a correr de volta para a aldeia.

Todo o grupo de caça ficou em silêncio. Aurora tinha certeza de que pensavam que ela cometera um erro terrível, mas não se arrependia de nada.

Então, Lady Fiora gritou.

8

Aurora virou-se com tudo.

— O que é isso?! — exclamou Conde Alain, apontando.

Três wallerbogs estavam sobre uma árvore caída piscando os olhos esbugalhados e expressivos para a comitiva humana e farejando com seus focinhos que mais pareciam trombas. As criaturas travessas deviam ter ouvido a comoção e saíram dos pântanos dos Moors para ver o que estava acontecendo.

Eram do tamanho de criancinhas humanas, mas pareciam anfíbios e tinham orelhas enormes no alto de suas cabeças.

— Wallerbogs — disse Aurora. — Eles não são perigo...

— São horrorosos! — exclamou Lady Fiora.

Dando risadinhas, um deles atirou um punhado de lama na moça. Atingiu-a bem na lateral da cabeça, respingando em seu rosto. Aurora respirou fundo.

O Príncipe Phillip cobriu a boca, mas um dos cortesãos começou a rir. O riso foi contagioso, espalhando-se pelo restante do grupo. Apenas Lorde Ortolan manteve a expressão fechada.

E também Conde Alain, que estreitou os olhos.

Os wallerbogs apontaram, rindo tanto que um deles caiu.

— Ofenderam minha irmã e eu vou tirar satisfação — gritou o conde, cavalgando na direção deles.

Dando gritinhos de alegria, os bichinhos espalharam-se, os corpinhos de anfíbio meio que saltando de volta aos Moors.

Conde Alain bateu com os calcanhares no flanco de seu cavalo, fazendo-o galopar atrás deles.

— Pare! — Aurora gritou, correndo para montar em Nettle. — Não os siga até os Moors!

— Não vou tolerar um insulto desses à minha irmã — ele gritou de volta.

— Não seja tolo — advertiu o Príncipe Phillip.

Aurora viu o momento em que Alain cruzou a fronteira. O conde passou por uma das enormes pedras que marcavam o limite e foi como se tivesse atravessado uma cortina de fumaça, desaparecendo brevemente de vista. Ao emergir do outro lado da névoa, tinha uma flecha já preparada em seu arco. Ele mirou num dos wallerbogs que estavam fugindo.

E, então, atirou.

Uma das grandes árvores cobertas de heras se moveu. Erguia-se por mais de cinco metros, pairando sobre Conde Alain. Tinha enormes chifres musgosos de casca de árvore e uma face que parecia um crânio feito de madeira. Era uma árvore-sentinela, guardiã dos Moors.

A sentinela derrubou o cavalo do conde com as costas da mão, atirando-o numa das poças rasas.

Os humanos atrás de Aurora gritaram.

O homem-árvore ergueu o Conde Alain no ar. O nobre começou a espernear desesperadamente.

— Não! — Aurora gritou, desmontando de seu cavalo e correndo em direção a eles. Era rainha dos Moors tanto quanto era rainha de Perceforest. Malévola a coroara, e o Povo das Fadas tinha de obedecer aos seus comandos da mesma maneira que seus súditos humanos. — Solte-o!

Tarde demais, percebeu seu erro.

A sentinela a obedeceu e seus dedos se abriram imediatamente, deixando Alain cair.

Agora Aurora estava gritando.

Com as asas batendo e os lábios curvados num sorriso brilhante e malicioso, Malévola agarrou o conde no ar e o suspendeu acima do grupo de caça.

Ela era tão assustadora quanto nas lendas, mas duas vezes mais bonita.

Em forma de corvo, Diaval sobrevoava sua mestra. Ele soltou um grasnido.

— Isto é seu? — Malévola perguntou a Aurora. — Acho que você perdeu.

— Coloque-me no chão! — gritou o Conde Alain, ignorando o fato de que ela o salvara de uma queda feia.

— Por favor — Lady Fiora disse tocando o braço de Aurora. — Meu irmão só estava me protegendo.

— Aquela criatura atacou primeiro — protestou Lorde Ortolan.

— O wallerbog? — o Príncipe Phillip perguntou, incrédulo.

Lorde Ortolan continuou.

— Todos testemunharam. Vossa Majestade, deve ordenar que vossa… vossa *madrinha* o coloque no chão.

— Humano — Malévola alertou o conde, suas presas reluziam enquanto ela falava —, você atirou uma flecha nos Moors. Houve um tempo em que eu teria esmagado seu crânio por essa ofensa. Lançaria uma maldição sobre você para que, na próxima vez em que atirasse uma flecha, ela voltasse e o acertasse bem no coração.

Aurora detestava quando sua madrinha falava de maldições. Mas Alain finalmente se deu conta de que estava em perigo.

— Perdão, minha rainha — disse ele, cerrando os dentes. — E perdão também, senhora alada. Fiora é minha única irmã, e eu sou excessivamente protetor com ela.

— Coloque-o no chão — pediu Aurora. — Por favor.

Malévola voou baixo, fazendo o grupo de caça gritar de surpresa. Então, largou o Conde Alain, deixando-o cair a uma curta distância sobre as samambaias e trepadeiras da floresta. Ele estava molhado, abalado e furioso.

Aurora achou que seria simples estabelecer a trégua entre humanos e fadas. Acreditara que bastava mostrar que estavam errados um sobre o outro. Mas, pensando na família de Simon e vendo a expressão no rosto de Conde Alain, não tinha mais certeza de que a paz prometida por seu tratado seria possível.

Nem estava certa de que alguém a desejava.

— Voltem para o castelo — ordenou Aurora ao grupo de caça.

— Decerto Vossa Majestade não pretende ficar na floresta sozinha — intrometeu-se Lorde Ortolan.

Ela olhou para a figura alada pairando acima deles.

— Não, não sozinha.

Aurora tinha quase a sua altura, Malévola observou enquanto atravessavam os Moors. Lembrou-se da pequena criança de cabelos louros que tinha agarrado seus chifres e se recusado a soltá-los.

A menina boazinha que ria de suas caretas.

Fora ela que transformara sua raiva em amor.

Mas Aurora não estava sorrindo naquele momento.

— Conte-me sobre essa muralha de flores — disse ela, com as mãos na cintura. — Flores *espinhosas*. Achou que eu não iria descobrir?

Malévola gesticulou, faceira.

— Oh, minha querida, era algo grande demais para permanecer em segredo por muito tempo. Considere-as um presente que eu posso fazer desaparecer com um toque de mágica caso você não goste.

— Bem, eu *não* gostei — disse Aurora.

— Reflita um pouco — disse Malévola. — Suas fronteiras ficarão protegidas sem despesas para o reino. Nenhum cavaleiro precisa patrulhá-las. Nenhum reino vizinho tentará invadir. Mesmo bandidos e ladrões desanimarão quando perceberem que não há distância que possam correr sem terem de passar por aquela cerca sinistra, ainda que bela.

Aurora não pareceu tranquilizada.

— Sei que está tentando proteger o reino da mesma forma que protegeu os Moors — ponderou. — Mas você me coroou. Tem de falar comigo antes de criar *presentes* assim. Você pode ter sido a protetora dos Moors, mas me tornou a rainha deles, lembra?

— Eu protegi os Moors muito bem.

Aurora exasperou-se, mas mudou de tática.

— E sobre o contador de histórias do mercado? É verdade que o transformou num gato?

— Bem, não é uma *inverdade* — disse Malévola com um sorriso travesso crescendo em seu rosto, apesar de tentar reprimi-lo. — Pense só nas histórias que ele terá para contar! Ora, quanto mais penso nisso, mais me convenço de que fiz um favor a ele.

— Transforme-o de volta — Aurora pediu.

— Assim que conseguir encontrá-lo — prometeu Malévola, gesticulando para a extensão dos pântanos, as poças enevoadas e as árvores ocas em que uma centena de gatos poderiam se esconder. — Tenho certeza de que ele está por aqui em algum lugar.

— E o garoto desaparecido? — questionou Aurora.

Malévola encolheu os ombros.

— Ora, eu não posso ser a culpada de *tudo*. Terá de procurar o menino em outro lugar. E espero que, depois do que aconteceu hoje, você perceba que os humanos não vão amar os Moors. Eles não são como você.

— Eles nem mesmo tiveram a chance de ver... — Aurora começou.

Malévola bufou.

— Como se isso fosse ajudar.

Aurora deu um sorriso irônico.

— Bem, já que irá procurar pelo gato de qualquer maneira, pode ficar de olho no garoto também. Talvez *isso* ajude.

Malévola ficou surpresa e ofendida.

— Já disse que não temos nada a ver com isso. Se alguém do Povo das Fadas o tivesse raptado, eu saberia — Malévola declarou.

— Espero que os humanos não a tenham feito desconfiar de nós.

— Claro que não — disse Aurora, saltando por um caminho de pedras meio afundadas na água com a facilidade de quem tem muita prática. — Mas, se você o encontrasse, talvez ajudasse a convencer o povo de Perceforest de que estamos todos do mesmo lado. O que aconteceu hoje mostrou a falta de compreensão entre humanos e fadas. O Conde Alain achou que a irmã tinha sido insultada, e a etiqueta exigia que ele fizesse algo a respeito.

Malévola olhou longamente para sua protegida.

— Ele não vê os wallerbogs como nós, como seres gentis e travessos — Aurora admitiu. — Mas não pude deixar de sentir um pouco de pena dele, primeiro por ter sido atacado por uma árvore-sentinela e depois por ter sido salvo por você. Ele poderia ter morrido sem a sua interferência.

— Quando você coloca dessa forma, vejo que cometi um erro — Malévola falou lentamente.

Aurora riu, como se as palavras tivessem sido ditas em tom de brincadeira. Malévola só interveio porque não queria que a árvore-sentinela fosse culpada por uma morte humana. Pessoalmente, não teria se importado se ele tivesse morrido.

Quanto mais Malévola pensava nisso, mais se convencia de que Aurora aprendera tudo errado.

Porque estava *errada* sobre Malévola. Não era uma fada bondosa, por mais que Aurora insistisse que sim. E, pelo menos no princípio, ela via Aurora apenas como o instrumento de sua vingança contra o Rei Stefan.

Que Malévola ajudasse Diaval a conseguir o leite da menina quando era bebê, ou que tivesse feito plantas a salvarem quando caiu de um penhasco ao perseguir uma borboleta *bem na cara* daquelas fadinhas desatentas não tinha importância. Não importava que tudo tivesse acabado bem. Não importava que a bondade de Aurora tivesse despertado algo em Malévola que ela pensava ter perdido para sempre.

Era tolice tentar ver o lado bom naqueles que eram malvados.

E a maioria dos humanos tinha as mesmas sementes de maldade, só esperando para florescer.

Contudo, não havia como fazer a garota acreditar que ela estava errada ao confiar em Malévola. E Aurora provavelmente cometeria o mesmo engano de novo, provavelmente com aquele príncipe de cabelos desgrenhados que estava sonhando com ela ou com aquele conde arrogante que tentava desesperadamente impressioná-la. Confiaria na bondade deles, e eles iriam decepcioná-la, talvez até mesmo feri-la.

— Fique aqui, nos Moors — disse Malévola impulsivamente. — Aqui, onde estará segura. Aqui, comigo.

— Mas no palácio... — começou Aurora.

Antes que pudesse terminar a frase, Malévola ergueu as mãos e, num redemoinho de luz dourada, a névoa que pairava sobre uma área específica se dissipou revelando o palácio de flores e folhagens. Suas torres pareciam girar até o céu. Era impossível não ficar encantada.

Aurora perdeu fôlego, e seus olhos se arregalaram de admiração. Cobriu a boca com a mão.

— Agora você tem outro palácio — disse Malévola. — Diferente de tudo o que já existiu e que há de existir. Venha, deixe-me mostrá-lo.

— Ah, sim — disse a menina ansiosamente, esquecendo todo o resto momentaneamente.

Malévola a seguiu, observando com um sorriso satisfeito as camadas da saia da garota ondularem atrás dela. Aurora correu pelo túnel de flores. Em seguida, deu piruetas no grande salão principal, provocando uma chuva de pétalas de rosa.

Quando encontrou seu quarto, demorou-se maravilhando-se com as colunas de troncos retorcidos das árvores, com a enorme cama repleta de mantas bordadas recheadas com esporos de dente-de-leão em vez de penas, e depois exclamando embevecida em suas varandas abertas.

Malévola notou que ela tinha adorado o palácio. Até se permitiu ficar um pouco convencida.

— É tão lindo, madrinha — Aurora suspirou depois de percorrerem todo o lugar. — E eu quero ficar aqui com você. Mas não posso. Se eu não mudar o coração e a mente dos humanos de Perceforest, nada mais terá importância.

— Você é a governante deles — disse Malévola. — E a nossa. Mas deve decidir se governará como fada ou como humana.

— Você fala como se houvesse somente uma resposta correta — Aurora respondeu, chutando uma pedrinha que estava descansando perto de alguns degraus. Ela rolou várias vezes, depois sacou as perninhas e saiu correndo.

— Talvez seja a minha crença — disse Malévola.

Aurora pegou sua mão, surpreendendo-a. Lembrando-lhe novamente da pequena criança que Aurora fora e que, apesar do tamanho e da coroa na cabeça, com frequência ainda era.

— Eu quero que humanos e fadas vejam que é possível conviver de maneira proveitosa — disse Aurora. — Que exista amor e confiança entre eles, como existe entre mim e você.

Determinada, pensou Malévola. *Boba. Bondosa*. E o que ela poderia dizer? Aurora havia ensinado Malévola a ser gentil quando ela própria acreditava que essa parte de si estivesse perdida. Agora Aurora acreditava que o mundo poderia aprender a ser gentil. Era culpa de Malévola que a menina não entendesse como aquilo era improvável. No entanto, tudo o que podia fazer era jurar que não deixaria a garota se ferir.

E, se isso significasse ter de ferir outra pessoa, Malévola se sentia perfeitamente capaz de cumprir seu objetivo — *animada*, até.

10

Os criados do Conde Alain levaram mais de uma hora para limpar a lama de suas roupas. E não importava quanto tempo ele ficasse mergulhado numa banheira de água perfumada, ainda assim sentia como se a sujeira dos Moors estivesse impregnada em suas unhas e atrás de suas orelhas.

Não era um homem acostumado a se sentir tolo. Durante o reinado de Stefan, seu pai acumulara uma grande fortuna. O rei exigira grandes quantidades de ferro, que suas minas forneciam em troca de ouro e outros favores. Ulstead também fora um excelente parceiro comercial. Quando Alain herdou o título de seu pai, parecia óbvio que ele manteria a riqueza da família, especialmente com uma mocinha no trono.

Na verdade, a nova rainha parecera uma *oportunidade*. Porém, vestindo roupas limpas e apresentando-se a Lorde Ortolan, o conde se sentia muito mais jovem do que seus vinte e oito anos. Estava envergonhado e furioso, e ainda mais furioso por causa de seu constrangimento.

Os aposentos do velho conselheiro eram exuberantes, cobertos de tapeçarias e sedas importadas — um lembrete de que ele estava no poder havia muito tempo, guiando os acontecimentos dos bastidores. O próprio pai do Conde Alain havia feito acordos favoráveis com ele.

— Sente-se — convidou Lorde Ortolan.

Um criado trouxe uma bandeja de prata com pão preto e manteiga, além de uma jarra de sidra.

— Uma vez, quando você ainda era só um menino — começou o conselheiro assim que ficaram sozinhos —, seu pai esteve aqui no castelo, diante do leito de morte do Rei Henry. Ele teria sido escolhido como o próximo rei e, se isso tivesse acontecido, você seria rei agora. Não perca novamente a chance de governar.

— O senhor deveria ter me avisado — reclamou o Conde Alain. — Eu não esperava aquela árvore-monstro!

— Você deveria encantar Aurora — disse Lorde Ortolan, acomodando-se em uma das cadeiras —, não começar uma briga.

— Não fui eu que organizei a caçada para agradar a Aurora? Não me esforcei para que minha irmã fizesse suas cortesias? Achei que seria uma tarefa mais simples. — Ele se levantou, inquieto, e foi até a janela, mas até mesmo olhar para o pátio o fazia se lembrar da sensação de estar suspenso no ar, certo de que morreria. — Aurora é muito inocente. Isso deveria ser uma vantagem para mim.

— E eu a preparei para desconfiar daquele Príncipe Phillip — disse Lorde Ortolan. — É realmente difícil entender como você pôde falhar.

O Conde Alain voltou-se para ele com desprezo.

— Pois não me ajudou em nada com seus conselhos. Eles não funcionaram. Tudo que Phillip teve de fazer foi perguntar sobre os Moors, e lá foi ela para o lado dele. — Conde Alain ergueu as mãos.

Lorde Ortolan fixou o olhar nele.

— Você sabe que os Moors exercem influência sobre ela.

— São mais perigosos do que eu pensava — Alain reclamou. — Sem mencionar aquela criatura que matou o Rei Stefan.

Lorde Ortolan não se mostrou particularmente impressionado com a declaração.

— Encontre um caminho para o coração de Aurora. Casar-se com ela é a única maneira de você se tornar rei.

O conde voltou a aproximar-se das cadeiras e se jogou em uma delas.

— Com Malévola e o Príncipe Phillip, isso parece difícil. Acho que ela já deve ter criado uma aversão a mim, e não será fácil driblar isso.

— Eu tenho um plano — tranquilizou-o Lorde Ortolan. — Na verdade, tenho vários.

Naquela noite, Aurora conduziu o banquete no grande salão enquanto prato atrás de prato era apresentado. Bolos, cremes, peixes e aves com molhos saborosos. Ela não conseguia comer, todavia. Pensou em Hammond, o caçador clandestino cuja família poderia ter morrido de fome enquanto o palácio inteiro se esbaldava. E pensou em Simon, que ainda não havia sido encontrado. Olhou para o lugar onde o Príncipe Phillip conversava com vários cortesãos, contando-lhes uma história que os fazia rir.

— Há algo errado? — perguntou Lady Fiora, inclinando-se sobre a mesa.

— Não — mentiu Aurora, remexendo um pedaço de ruibarbo em seu prato.

— Permita que eu peça desculpas — Lady Fiora disse. — Meu irmão sempre foi superprotetor. Mas a culpa foi minha. Eu é que não deveria ter insultado aqueles... aqueles...

— Wallerbogs — disse Aurora.

— Sim. — Lady Fiora pareceu aliviada. — Por favor, perdoe Alain. Tão ferozmente como ele me defendeu, ele a defenderia também caso sua honra fosse ofendida.

Por mais horrorizada que tivesse ficado com o comportamento de Alain, Aurora não podia criticar o amor que tinha pela irmã. Ele obviamente se importava muito com ela, para se arriscar de tal forma. Era algo que despertava a sua compaixão.

— Não guardo rancor de seu irmão — disse Aurora —, desde que ele reconheça que estava errado e nunca mais faça algo parecido.

Aurora buscou o olhar do Conde Alain mais adiante na mesa. Ele ergueu o cálice, e a rainha ergueu o dela em resposta.

Se Alain estiver mesmo arrependido, então esta é a minha chance, pensou. *Vou lhe propor que se reúna com os outros nobres para explicar que foi precipitado e dizer que os Moors só representam perigo para quem quer ferir as criaturas que moram lá! Talvez isso seja justamente o que é preciso para firmar o tratado de paz.*

Quando se levantou da mesa, o conde veio em sua direção. Aurora esperou que ele se desculpasse antes de informá-lo de seu pedido.

— Tenho um presente para você — ele anunciou em vez disso, estendendo-lhe uma caixa de madeira entalhada. — Uma lembrança para a rainha que salvou minha vida.

Alguns cortesãos reuniram-se ao seu redor, admirando-o profundamente por seu galanteio. Várias damas sorriram umas para as outras, como se o presente fosse para elas.

Um presente não era um pedido de desculpas. Mas certamente o conde diria algo mais assim que ela aceitasse o que quer que ele oferecia. E devia estar se sentindo muito culpado a ponto de trazer um presente para ela.

— Que gentil — Aurora começou —, mas...

— Não é gentileza — disse tão suavemente que quase não parecia que ele a tinha interrompido. — Apenas gratidão. Por favor, abra. Estou ansioso para saber se a agradará.

Com poucas opções que não o ofenderiam totalmente, Aurora abriu a caixa, provocando suspiros por todos os lados.

Lá dentro havia uma safira enorme, de um azul tão escuro quanto seus olhos. Estava pendurada numa pesada corrente de metal. Conde Alain ergueu o colar e o abriu. — Posso?

Se recusasse, ele ficaria ofendido. E a corte — que já o admirava — ficaria aborrecida por ele. Aurora, no entanto, queria que ele soubesse que não podia ser subornada.

— Pode, mas você e eu ainda devemos ter uma conversa sobre os Moors e o futuro de Perceforest — disse severamente.

— Com prazer — ele respondeu, os dedos excessivamente quentes roçando-lhe a pele enquanto fechava o colar ao redor do pescoço de Aurora.

A corrente repousou pesadamente sobre sua clavícula e, quando ela levantou a mão para tocá-la, reconheceu o metal.

Para seu horror, Aurora percebeu que o conde lhe dera um colar forjado em ferro frio.

Tarde daquela noite, Aurora estava em sua varanda, examinando seus dois reinos. Podia avistar a cidade logo abaixo, os Moors e até um pouco de Ulstead lá longe. Uma brisa fria esvoaçou seu cabelo.

Como sempre, não conseguia dormir.

Não se preocupou em tirar o colar de ferro. Era tão pesado quanto seu coração estava naquele momento. Não acreditava mais que pudesse convencer Conde Alain a ajudar. No entanto, tinha de achar uma solução para os seus dois reinos. Tinha de descobrir meios de fazer o povo de Perceforest entender que as fadas dos Moors eram prestativas, gentis e inteligentes, mesmo que às vezes também fossem temperamentais ou travessas.

Mas não eram *cruéis* como eram os humanos.

Ninguém nos Moors morreria de fome quando outra fada tivesse comida para compartilhar. Ninguém guerreava por lucro ou considerava o dinheiro mais importante do que a amizade ou o amor. Se ao menos os humanos pudessem compreender isso, perceberiam o quão afortunado Perceforest seria por ter o Povo das Fadas como aliado e amigo.

Algo caiu aos seus pés, despertando-a de seus pensamentos. Ao olhar para baixo, viu um bilhete dobrado ao lado de seu sapato.

Aurora pegou e desdobrou o papel.

A mensagem estava escrita com uma caligrafia elegante e continha uma mensagem que quase parecia uma charada:

Se eu a convidasse para um passeio no jardim amanhã, sua resposta seria a mesma que a resposta a esta pergunta?

Olhou para o alto, mas a varanda acima estava vazia. Aurora fez uma careta. Se Conde Alain estava pensando que, só porque lhe dera aquele colar horrível, ela concordaria em dar um passeio com ele, estava muitíssimo enganado.

Na verdade, pretendia responder-lhe imediatamente. Entrou para pegar uma pena e um tinteiro e estava prestes a escrever NÃO embaixo da pergunta quando percebeu que não poderia.

Porque, se dissesse não para o passeio no jardim, a resposta à segunda pergunta também seria não, o que significaria que *eram* a mesma resposta — afirmativa. Ou seja, ela não podia escrever que não, porque se a resposta à primeira pergunta fosse não e à segunda fosse sim, isso significava que as respostas não eram as mesmas, afinal.

Havia apenas uma maneira possível de responder ao bilhete. Pois, qualquer que fosse a resposta, ela seria sempre a mesma. Sim.

Claro, havia outras opções possíveis. Como queimar o papel. Ou rasgá-lo em pedacinhos e jogá-los pela varanda como confete. Isso mostraria ao Conde Alain sua opinião quanto a ele ter obrigado a irmã a pedir desculpas em seu lugar.

Ou poderia simplesmente esquecer o bilhete. Afinal, era a rainha.

Não era obrigada a responder cada bobagem ridícula que recebesse, em especial uma que não tinha sido formalmente endereçada a ela.

Então, ouviu um barulho que vinha da varanda acima da sua. O Príncipe Phillip espiava pela beirada, os cabelos caindo em torno de seu rosto. Ele os deixou crescer desde que chegara a Perceforest, e já havia passado de suas orelhas. Pestanejou ao ver o papel em suas mãos e deu um sorriso ligeiramente envergonhado.

— Pensei que ainda estaria acordada.

— *Sim* — ela deixou escapar. — A resposta à charada, quero dizer. É a única resposta possível, o que é muito mal-educado.

— Muito — ele concordou alegremente. — Mas torcia para que fosse a resposta que você ia querer dar.

Phillip olhou para o pescoço de Aurora, e ela percebeu o momento em que ele reparou no colar de safira do Conde Alain, porque seu sorriso se desvaneceu.

— Há algo que devo lhe contar. Eu deveria ter falado quando estávamos na colina, mas decidi esperar e, então, não deu mais tempo.

Phillip ia dizer que estava prestes a retornar para Ulstead, claro. De repente, o ar parecia mais frio do que antes. Ela estremeceu, não inteiramente por causa do vento.

— Pode me dizer agora — disse Aurora, preparando-se.

Ele sorriu abertamente para ela.

— Não sei se você gostaria que eu gritasse aqui da varanda, embora a ideia tenha um certo apelo. Logo será amanhã. Gostaria de passear comigo? Apenas por alguns minutos? Concederia-me a honra?

— Em vez disso, deixe-me propor uma charada — disse Aurora,

embora seu coração não estivesse a fim de brincar. — Minha resposta é não, mas significa que sim. Então, qual é a pergunta?

— Está respondendo uma charada com *outra* charada? — ele questionou, fingindo-se de ofendido.

Aurora deveria ter rido, mas o riso morreu em sua garganta ao pensar na conversa que estava por vir. Deixando-o pensar em suas palavras, ela voltou para seus aposentos para tentar se aquecer.

E tirar o colar que o Conde Alain colocara em seu pescoço para atirá-lo ao fogo.

O Príncipe Phillip viajara a Perceforest a pedido de seu pai. *Vá encontrar nosso vizinho, Rei Stefan. Tente estabelecer transações comerciais com ele. Ouvi que precisa de soldados para o seu exército e que possui grande quantidade de ouro.*

De sua parte, Phillip estava satisfeito por sair em uma aventura. Nunca estivera num lugar onde ninguém o conhecesse e onde estivesse livre de todas as expectativas de ser o futuro rei de Ulstead. Claro, perdera-se quase imediatamente na floresta. Passou a primeira noite dormindo sob as estrelas e o segundo dia inteiro vagando. As árvores eram densas demais para conseguir ver o horizonte e se orientar. O solo era coberto de poças de água rasas e montes de lama movediça que tornavam o caminho traiçoeiro para seu cavalo.

Foi então que avistou Aurora em seu vestido azul, gesticulando teatralmente enquanto ensaiava um discurso que pretendia fazer para suas tias.

Saltando do cavalo, pensou em pedir orientações sobre o caminho que devia seguir. Estava um pouco preocupado em ser ridicularizado e muito aliviado por finalmente avistar outra pessoa. Porém, quanto mais se aproximava dela, mais fascinado ficava. Não apenas pelas maçãs do rosto rosadas e pela doçura tímida de seu sorriso, ou pelo modo como parecia pertencer à floresta, como uma espécie de ninfa. Havia algo em seu rosto que sugeria travessura e bondade.

Na vida de Phillip, havia muito pouco de ambos.

Aurora foi surpreendida por ele, pois pensava que não havia ninguém por perto. Ela se assustou e escorregou. Ele pegou sua mão antes que ela caísse e, ao tocá-la, sentiu como se tivesse levado um chute no peito.

Por um momento, parou de respirar.

Então, permaneceu em Perceforest até depois da morte do Rei Stefan. Viu Aurora sendo coroada e o verão brilhante se transformando em outono.

Ficou lá, ainda que não tivesse sido capaz de despertá-la de seu sono. Não a amava o suficiente, ele sabia. Tinham acabado de se conhecer.

Ele não a amava então como a amava agora.

De tempos em tempos, recebia cartas de sua mãe e sempre enviava desculpas. Todavia, quando recebera a última diretamente das mãos de um mensageiro, sabia que não tinha mais como prolongar sua visita. Ele a tirou do bolso, observando-a sob o luar.

Caro Phillip,

Deve retornar para Ulstead assim que possível. Não sabemos nada sobre a jovem rainha, exceto que é dona de grande beleza — afirmação na qual podemos facilmente acreditar, já que imaginamos ser essa a razão de sua prolongada ausência. Mas, até que você volte para casa e seu povo possa vê-lo com seus próprios olhos, haverá especulações e estranhos rumores sobre seus atos e sua segurança. Termine o que estiver fazendo — seja lá o que for — e retorne para nós. Você tem deveres para com o seu reino.

A carta fora assinada com o título completo de sua mãe e seu timbre.

Ele suspirou, amassou-a e atirou-a ao fogo. Escreveria de volta e anunciaria uma data específica para seu retorno. Isso a acalmaria o suficiente para que ele pudesse ficar mais uma semana ou duas, pelo menos.

Mas, no fim, teria de voltar para casa.

Só que, antes disso, teria de fazer o que a timidez não lhe permitira fazer desde que chegara a Perceforest: teria de falar. Dizer a Aurora que a amava.

Repetidamente, pensava nas palavras que planejava dizer, formulando frases e depois descartando-as, tentando se convencer de que ela não preferiria ser cortejada por alguma criatura mágica ou por um dos nobres que se atropelavam para admirar sua beleza.

Sussurrava as palavras em voz alta para o céu frio, parando no meio de cada discurso grandioso, odiando como soava absurdo.

— Aurora, se meu coração fosse a lua, então você seria o sol, porque o sol faz a lua brilhar, e eu brilho, ahn, de amor?… Meu coração é um balde cheio demais, esperando para se derramar em você?… Quando penso em você, sinto…

Aurora não ia rir da cara dele. Era bondosa demais para isso. Ela o recusaria com delicadeza e então ele poderia voltar para casa, sabendo que não tinha esperanças com ela. Quando a visse novamente, teria tido tempo para se acostumar com a ideia. E eles permaneceriam próximos, o que não era pouca coisa para monarcas de reinos vizinhos.

Apesar desses pensamentos pessimistas, sorriu, pensando nas palavras de despedida dela naquela noite: *Minha resposta é não, mas significa que sim. Então, qual é a pergunta?*

Uma charada para outra charada.

Ele ficara intrigado com aquilo, estudando as palavras em sua mente. Quando encontrou uma solução, ele se sentiu um idiota. Era a resposta à pergunta que ele lhe fizera logo antes.

Concederia-me a honra?

Gostaria de passear comigo? Apenas por alguns minutos? Concederia-me a honra?

Sim, ela concederia. Daria um passeio com ele.

Phillip ainda estava sorrindo quando uma figura com chifres pousou no parapeito de sua varanda.

Malévola.

Seus lábios eram de um vermelho-carmim, e os ângulos de seu rosto eram ligeiramente afiados demais. Em seu ombro, um corvo observava Phillip com seus olhos negros. Atrás dela, um relâmpago cortou o céu, embora não houvesse nenhuma tempestade no horizonte.

Ela levantou um dedo como se fosse amaldiçoá-lo.

— Hmm, olá — disse ele, dando vários passos involuntários para trás, com o coração acelerado. Apesar de saber que ela era a madrinha amorosa de Aurora (bem, *um tipo de* madrinha), ele ainda a achava assustadora. — Tenho certeza de que estava procurando por outra pessoa, mas...

— Ouvi você ensaiando os seus discursos de amor enjoativos. Não pediu minha permissão para cortejar Aurora — disse Malévola, com os olhos resplandecendo de suspeita. — Como a maioria das fadas, sou uma grande defensora dos pequenos gestos de cortesia. Sem mencionar que é muito fácil me ofender.

O Príncipe Phillip respirou fundo, tentando reprimir o medo. Endireitando os ombros, começou:

— Permita-me que...

— Não, não permito — Malévola disse, interrompendo-o.

— Achei que gostasse de mim — disse ele com o que esperava ser um sorriso amigável.

— Pois *não gosto* — ela respondeu, arqueando as sobrancelhas. — Apesar de, na maior parte do tempo, eu mal conseguir distingui-lo dos outros. O único fato memorável a seu respeito é que você já ficou tempo demais neste reino.

— Nós dois amamos Aurora... — Phillip começou.

Malévola estreitou os olhos para o rapaz.

— Não fale com ela sobre essa tolice. Não se declare. E não me contrarie, principezinho. Você não me quer como inimiga.

— Claro que não. Mas eu não entendo o que fiz para ofendê-la.

Malévola inclinou a cabeça em direção a ele como se fosse espetá-lo com os chifres.

— Você me ofende comportando-se como se seus sentimentos fugazes tivessem alguma importância. Pretende arremessá-los em Aurora e deixá-la sofrendo quando voltar para casa e se esquecer dela.

— Eu nunca...

— Conheço corações inconstantes. Sei que um amor como o seu é fraco quando comparado à sua ambição.

— A senhora está errada — Phillip a enfrentou. — Sobre mim e sobre o amor.

— Não me teste, e assim não testarei suas declarações.

Puxando sua capa, Malévola lançou-se noite afora da beira da varanda. Suas grandes asas a levaram em direção à lua.

O Príncipe Phillip ficou paralisado, sorvendo o ar noturno até que seu coração se acalmasse. Até que sua respiração voltasse ao normal.

Até descobrir o que tinha de dizer a Aurora, e acabou por não ser nada parecido com o que havia ensaiado.

13

Na manhã seguinte, Aurora reuniu-se com seu castelão, um homem grande de pele escura com cabelos curtos e uma cicatriz que atravessava seu rosto, puxando para cima um canto de sua boca. Todos o chamavam de John Sorridente, apelido que Aurora considerava sinistro, já que se tratava de uma ferida mal cicatrizada. Ele entrou no grande salão com dois guardas. Todos os três estavam com armaduras pesadas e rostos fechados.

— Temos novidades sobre o garoto, Simon — disse John Sorridente. — Hugh, reporte as notícias.

Um soldado brutamontes, pálido e com cabelos cor de palha, falou:

— Acreditamos que ele tenha se envolvido com um grupo de bandidos.

— Bandidos? — Aurora repetiu, chocada. — Mas o pai dele disse...

— É uma situação triste quando nossa própria família não conhece quem somos de verdade — continuou o homem —, embora seja muito comum. Parece que ele gostava de jogos de dados e se endividou. A partir daí, começou a roubar para ganhar dinheiro. Era só uma questão de tempo até que roubasse do palácio.

— Então, está faltando algo na prataria? — Aurora perguntou.

— Uma travessa grande — informou Hugh.

A rainha pensou na família de Simon negando até mesmo a possibilidade de que ele houvesse se envolvido com algo errado. Acreditando que o menino tinha sido raptado por fadas. Não acreditariam nessa história.

— Então, onde ele está? — Aurora perguntou. — Sendo ladrão ou não, ainda está desaparecido. E ainda é muito jovem.

John Sorridente balançou a cabeça.

— Encontramos o cavalo roubado, foi isso que nos levou a um dos bandidos, que tentou nos convencer de que o cavalo lhe pertencia. Ele está preso agora e alega não saber o paradeiro de Simon. Nosso pessoal ainda está procurando. O garoto pode estar escondido. Mas há a possibilidade, mais provável, de que os bandidos, uma vez que conseguiram o que queriam, livraram-se dele, se é que me entende, Vossa Majestade.

— Acha que foi isso o que aconteceu? — perguntou Aurora.

— Não há como saber até que o encontremos — concluiu o castelão —, vivo ou morto.

Aurora concordou. O dia mal tinha começado, e já estava exausta.

— Então façam isso — ordenou. — Encontrem-no. E logo, antes que percam as pistas.

Muitas outras reuniões seguiram-se a essa.

Três garotos capturaram uma fada-flor nos Moors e a mantinham numa gaiola. Foram flagrados voltando para Perceforest, e um deles foi amaldiçoado com um rabo e orelhas de raposa. O Povo das Fadas exigia que a fada-flor fosse libertada, e o garoto exigia que a maldição fosse removida. A própria fada exigia como indenização um suprimento de mel durante sete anos.

Uma vaca havia se perdido e depois voltado para casa com flores trançadas em volta do pescoço e uma tendência a produzir mais creme de leite do que leite. Sua dona queria saber se algo lhe aconteceria caso o consumisse.

A cada nova acusação, Aurora sentia o tratado cada vez mais longe. Era apenas uma questão de tempo até que algo verdadeiramente terrível acontecesse, antes que sangue fosse derramado e os humanos e o Povo das Fadas entrassem novamente em guerra, uma guerra que ela seria incapaz de impedir.

Finalmente, Lorde Ortolan trouxe uma boa notícia. A cerca-viva de Malévola havia parado de crescer, embora não mostrasse sinais de recuo.

— E as flores exalam um cheiro distinto. Foi descrito como almiscarado e não muito diferente do cheiro de ameixas passadas, com uma doçura inebriante. É perigoso?

— Esperemos que não — disse Aurora com um suspiro.

Depois da conversa sobre os bandidos, não pôde deixar de pensar que talvez Malévola tivesse certa razão com relação à segurança das fronteiras de Perceforest.

— Diga-me, há algo que possamos fazer para diminuir o medo que as pessoas têm das fadas?

Lorde Ortolan pareceu surpreso com a pergunta.

— Entendo que tenha se acostumado às fadas, mas elas não são como nós. Não são humanas. São imortais e têm poderes que nós não entendemos.

Aurora assentiu, não concordando, mas compreendendo que ele não tinha interesse em ajudar.

— Creio que devemos adotar uma nova abordagem para o tratado. Eu desejo ouvir meus súditos sobre suas preocupações e superstições em relação aos Moors.

Agora Lorde Ortolan estava alarmado.

— Vossa Majestade, queira me perdoar, mas tal arranjo pode levar muitos, muitos dias para ser viabilizado. Vossa corte, é claro, reúne muitos súditos de casas nobres influentes que já participaram das negociações do tratado, e enviamos rascunhos para aqueles que têm as maiores propriedades e riquezas. Para isso, no entanto, eles teriam de viajar para cá. E teríamos de nos preparar para recebê-los...

Calou-se ao notar a expressão da rainha.

Aurora já ouvira o suficiente.

— Já passei tempo demais consultando os nobres — declarou.
— Agora, gostaria de ouvir o resto do meu povo.

— Vosso reino é muito grande, Majestade — começou Lorde Ortolan.

— Comecemos por *aqui*, então — disse ela. — Pelas proximidades do castelo. Quero falar com camponeses e comerciantes. Esta tarde.

— *Esta tarde?* — Lorde Ortolan repetiu baixinho.

Aurora sorriu para ele:

— Enviarei pregoeiros imediatamente para convidar os aldeões ao castelo. E direi aos cozinheiros que precisaremos de muitos petiscos. Talvez você possa mandar alguém colher algumas daquelas rosas negras? Ficariam lindas como decoração — Aurora fez uma pausa. — Ah, mas não posso falar apenas com os humanos. Enviarei uma mensagem aos Moors dizendo que gostaria de falar com as fadas esta noite. Tenho certeza de que elas têm medos e superstições também.

E, assim, a rainha se retirou, deixando o conselheiro para trás com a aparência de que queria se impor, talvez até mesmo repreendê-la. Mas ele não podia, e os dois sabiam disso.

Até o cair da tarde, Aurora foi ficando cada vez mais nervosa. Como esperava, muitos comerciantes e camponeses estavam dispostos a aceitar o pequeno pagamento que ela tinha oferecido para compensar um dia de trabalho perdido e estavam ocupados comendo os frios, pães e tortas que ela havia providenciado. Ficou satisfeita em ver que Hammond, o camponês que fora surpreendido caçando em sua floresta, tinha vindo, embora estivesse se escondendo na multidão.

Ela sabia que tinha de impor respeito diante deles.

E sabia que tinha de ouvi-los, mesmo que não gostasse do que eles tinham a dizer.

Porque sabia que, se não encontrasse um meio de fazer as fadas dos Moors e os humanos de Perceforest superarem a guerra, não demoraria muito para que alguém fizesse algo tão terrível que os dois povos voltariam a atacar um ao outro— e, desta vez, permanentemente.

Aurora entrou no grande salão e subiu ao trono. Não havia mais os leões de ouro alados que um dia estiveram lá; seu novo trono era simples e elegante, feito a partir de um bloco de madeira. Enquanto se acomodava, o silêncio caiu sobre os aldeões. Aurora viu os olhares mirando a coroa que brilhava em sua fronte.

— Povo de Perceforest — começou —, vocês podem me conhecer como filha da Rainha Leila e do Rei Stefan, mas lembrem-se de que fui criada por minhas tias e minha madrinha, todas elas fadas.

Viu a surpresa no rosto de cada um e ficou em dúvida se não tinham acreditado nas histórias ou se estavam apenas surpresos de ouvir a confirmação da própria Aurora.

— Não sou apenas sua rainha, mas das fadas também. A rainha dos Moors. E quero reunir todos os meus súditos. Por décadas, tem havido inimizade entre os humanos e as fadas. Por quê?

Por um momento, houve apenas silêncio no salão ecoante.

Então, um homem se levantou.

— Queremos distância dos Moors. Aquelas fadas roubam nossas crianças, pode acreditar.

Aurora viu alguns acenos de cabeça na multidão e ouviu alguns murmúrios do nome do garoto desaparecido. Queria compartilhar com eles o que John Sorridente lhe havia informado, mas eles não teriam por que acreditar nela, pelo menos não até que Simon fosse encontrado.

Uma citadina de pele escura e olhos verdes levantou-se. Aurora a reconheceu como uma criada da despensa.

— Elas nos fazem andar em círculos. E aí é impossível achar o caminho de casa mesmo na sua própria terra.

— Ou jogam *maldições* — disse uma jovem de bochechas vermelhas e cachos fartos. Ela encarava Aurora enquanto falava, como se esperasse que a rainha entendesse bem os perigos de estar perto de fadas.

— Elas não são todas assim — Aurora interveio, percebendo que dissera quase a mesma coisa sobre os humanos para Malévola. Talvez teria de dizer algo muito semelhante ao resto das fadas naquela noite.

Todos os aldeões e camponeses, porém, tinham ouvido a história da maldição de Aurora; todos sabiam que ela realmente espetara o dedo no fuso da roda de fiar e sabiam que somente o Beijo do Amor Verdadeiro a salvara. Alguns deles poderiam até ter lutado ao lado do Rei Henry.

— As fadas são gananciosas — disse um garoto. — Têm um tesouro nos Moors e não o compartilham conosco.

MALÉVOLA: O CORAÇÃO DA RAINHA

Aurora olhou para ele severamente, perguntando-se se ele estivera envolvido no sequestro da fada-flor e se era amigo do menino que acabara amaldiçoado com rabo e orelhas.

— Vou contar uma história que aconteceu na casa do meu vizinho — disse um camponês de barba desgrenhada. — Havia uma garota que preferia fofocar com as irmãs em vez de fazer suas tarefas. Bem, ela descobriu que, se deixasse um pouco de pão e mel, uma fada ordenharia as vacas, recolheria os ovos e alimentaria os porcos. Mas, um dia, o irmão dela encontrou a comida e, sem saber para quem era, comeu o pão e o mel antes que a fada pudesse pegá-los. E sabe o que aquela criatura fez? Amaldiçoou o menino, embora não fosse culpa dele! Agora, qualquer leite coalha assim que ele se aproxima. O rapaz produz um bom queijo, mas mesmo assim é uma pena.

— As fadas nos assustam — disse uma mulher com um avental manchado, de braços dados com um homem.

— Nem sempre foi assim — declarou uma senhora idosa com um tapa-olho. Seu cabelo grisalho estava preso em um coque, e suas roupas eram caseiras. Quando ela se levantou, todos ficaram quietos.

— *Nanny Stoat* — várias pessoas sussurraram.

— Quando eu era uma garotinha, antes de o Rei Henry subir ao trono, procurávamos as fadas para ganhar uma bênção sempre que uma criança nascia. Muitos de nós deixavam comida para elas, e nenhum menino bobo pensaria em comer uma oferenda colocada perto da fronteira, pois o Povo das Fadas é um povo trabalhador e traz sorte. Antes ninguém ousaria negar socorro a um estranho por medo de ofender os "brilhantes", pois era assim que nós os chamávamos naqueles tempos mais simples.

Aurora levantou-se do trono de madeira entalhada e caminhou até Nanny Stoat.

— E o que mudou? — ela quis saber.

— O Rei Henry nos conduziu a uma guerra — respondeu a mulher — e nós esquecemos o passado. As gerações mais jovens pensam nas fadas como inimigas. E, embora nós sempre tenhamos querido as mesmas coisas, comida suficiente em nossa barriga para ficarmos fortes, calor suficiente no inverno para nos mantermos saudáveis e lazer suficiente para haver alegria, tudo agora é diferente. Os nobres confiscam nossas melhores safras e ainda por cima exigem impostos. E dizem que precisam fazer isso para nos proteger dos seres de Moors.

— Permitam-me lembrá-los daqueles dias — disse Aurora, com uma ideia surgindo em sua mente. — Quero que vocês possam viver em paz. E que se conheçam sem medo. Venho preparando um tratado para ajudar a criar leis, para que vocês não precisem temer as fadas e elas não precisem temê-los também.

Aurora avistou o Príncipe Phillip do outro lado da sala, descendo as escadas com um livro debaixo do braço. Ele olhou em sua direção, mas evitou encontrar seus olhos. Havia algo em seu rosto que ela não conseguia interpretar. Talvez desconforto.

Pela primeira vez, viu a multidão heterogênea de pessoas em seu grande salão através dos olhos de um estranho. Ela observou os rostos queimados de sol e as roupas remendadas. Será que

Phillip pensava que falar com eles daquela forma não era um comportamento apropriado para uma rainha? Que não eram dignos de serem ouvidos?

Não, não Phillip. Ele não pensaria algo tão terrível. Não era como Lorde Ortolan.

Aurora percebeu que havia feito uma pausa longa o suficiente para que as pessoas notassem e se forçou a continuar falando.

— Vou promover um festival para todos — disse ela. — Daqui a dois dias. Teremos danças, jogos e comida. E assinaremos esse tratado.

O que significava que ela precisava terminá-lo. E persuadir a todos de que era do interesse deles obedecê-lo.

À menção de um festival, uma onda de animação percorreu a multidão. Alguns jovens apertaram as mãos uns dos outros e começaram a cochichar até serem silenciados.

— Nós *e* o Povo das fadas? — Nanny Stout perguntou. — Juntos?

— Sim — confirmou Aurora. — Por favor, venham, todos vocês.

Muitas vozes se ergueram então, falando umas sobre as outras. Havia muitas perguntas e preocupações, todas às quais ela tentava responder. Quando deixou o grande salão, acreditava que a maioria de seu povo compareceria, mesmo que fosse apenas por curiosidade. Agora, só precisava convencer as fadas.

E Malévola.

Por mais que, às vezes, fosse difícil para Aurora aceitar que ela, que nunca pusera os pés no palácio até alguns meses antes, era agora a rainha de Perceforest, era ainda mais difícil se acostumar com a ideia de que era a rainha dos Moors. Suspeitava que o Povo das Fadas também achava difícil se acostumar a isso. Eles estavam acostumados a obedecer Malévola, sua defensora, e *se consideravam* Aurora sua governante, era tão-somente porque Malévola havia ordenado que assim a considerassem.

Nos Moors, Aurora sentia-se uma menina.

Especialmente quando se viu segurando a barra da saia e saltando de pedra em pedra, rindo enquanto se esquivava da lama dos wallerbogs — inclusive daquele que havia escapado da flecha de Conde Alain. Depois falou com as enormes árvores-sentinelas e fez carinho debaixo do queixo do dragão de pedra. Fadas-cogumelo e fadas-ouriço, um homem-raposa vestindo um chapéu de lado e um duende com grama crescendo no topo da cabeça escapuliram todos de seus ninhos e suas tocas.

Por fim, cansada, Aurora descansou sobre um bocado de musgo enquanto eles se reuniam ao seu redor.

Teriam aquelas criaturas, das quais ela se considerava amiga, realmente raptado crianças de Perceforest? Amaldiçoado garotos? Por mais à vontade que se sentisse ali, Aurora sabia que isso não significava que os Moors não guardassem segredos. Ela sabia que a guerra fora travada contra eles e que eles haviam retaliado.

— Vim aqui esta noite para perguntar o que pensam dos humanos — disse ela.

Houve várias trocas de caretas e alguns risinhos.

— Sim — ela afirmou. — Eu sei que *sou* humana. Mas não vou ficar com raiva. Prometo.

Diaval chegou naquele momento, saindo das sombras com uma fadinha enrugada cujo nome era Robin.

— É uma promessa tão humana — disse Robin. — Não pode escolher como se sentir, assim como uma nuvem não escolhe quando chover.

— Vou *tentar* não ficar com raiva — corrigiu-se Aurora.

Uma das fadas-ouriço avançou, rindo.

— Eu acho que eles querem nossa magia.

— E nossas pedras — completou uma fada d'água, emergindo do riacho. — Eles querem cortá-las e usar pedaços delas nos braços e ao redor da garganta. Ou derretê-las e transformá-las em anéis e coroas.

— Eles têm um cheiro estranho — disse um dos wallerbogs, o que não deixava de ser irônico, vindo de uma criatura que passava tanto tempo na lama.

— E são barulhentos — acrescentou Balthazar, um dos guardas da fronteira.

— Ficam enrugados rapidamente — disse o Sr. Chanterelle, uma fada-cogumelo —, como os dedos na água. Mas o rosto deles também!

— Isso se chama envelhecer — disse Aurora.

O Sr. Chanterelle balançou a cabeça, pensativo, aparentemente satisfeito por aprender um nome para aquilo.

— Eles nos *odeiam* — disse Robin franzindo a testa. — Isso é o que eu mais desgosto neles.

Aurora suspirou.

— Os humanos têm medo. Eles me contaram histórias de crianças raptadas e maldições. Alguma delas é verdade?

Murmúrios espalharam-se pelo vale. Diaval dirigiu a Robin um olhar significativo. A fadinha fez uma careta.

— Às vezes, encontramos crianças na floresta, descuidadas e abandonadas. Bebês, até. Aí acolhemos essas crianças e as criamos aqui nos Moors. Quem pode nos culpar por isso? E, às vezes, achamos crianças que seriam mais felizes nos Moors. Acontece de as trazermos também.

Aurora não podia contestar que algumas crianças não recebiam cuidados e que alguns pais não eram gentis. Mas também sabia que as fadas podiam discordar dos humanos a respeito de quais crianças ficariam melhor longe de suas famílias.

— Às vezes — Aurora cedeu. — Mas e nas outras ocasiões? E quanto às maldições?

— Não podemos negar que já amaldiçoamos os humanos — admitiu Robin. — Nós somos um povo travesso, e os humanos nos deram muitas razões para isso. Eles não nos caçam? Não tentam nos enganar para tirar nossa magia e roubar o que é nosso? Nós é que devíamos ter medo. Eles querem tudo que somos e tudo que temos, eles nos querem mortos.

— Eu sou humana e adoro vocês — disse Aurora, beijando o topo da cabeça de Robin e fazendo-o corar. — Ouvi relatos de que humanos e fadas nem sempre estiveram em desacordo, de que houve um tempo antes do Rei Henry quando ambos se respeitavam.

Houve alguns resmungos e alguns sinais de aprovação relutantes.

— Para os humanos, faz muito tempo, mas, para vocês, não deve fazer tanto assim — continuou Aurora.

— Antigamente era diferente — disse a fada d'água com rancor. — No passado, se quisessem minhas pedras, tentariam negociá-las.

— E as crianças brincavam com a gente — disse um dos wallerbogs.

— Eles nos deixavam guloseimas — disse uma das fadas-ouriço. — E nós também deixávamos presentes em troca.

— Sim! — disse Aurora. — E pode ser assim de novo. Eu sei que pode. É por isso que vamos realizar um festival. Jogos, danças e banquetes, com humanos e fadas presentes. E o tratado estará concluído e pronto para ser assinado.

O Povo das Fadas pestanejou para ela com seus olhos mágicos. Ecoaram murmúrios fervorosos por todo o vale.

— Por favor — pediu a garota. — Por favor, venham.

Malévola então apareceu voando sobre a clareira, carregando um gato preto nos braços. Ele aninhou a cabeça em seu vestido preto. Com suas longas unhas, Malévola acariciava as costas do felino, fazendo-o ronronar alto.

— Ora, minha querida — ela disse —, nada nos impediria de ir.

Sua chegada e declaração pareciam sinalizar o fim da reunião. A fada d'água deslizou de volta para seu riacho. Os wallerbogs começaram a brigar entre si. Uma fada-ouriço correu para seu ninho. Robin sentou-se em uma pedra e começou a esculpir a ponta de uma vara comprida, transformando-a em um bastão.

— É esse o... — Aurora começou.

— Seu contador de histórias — Malévola completou, erguendo o animal nos braços. — Mas ele parece bastante contente como gato. Não parecia tão feliz como humano.

— Ninguém é feliz como humano — disse Diaval. — Já um dragão? Ah, eu *não* me importaria em me tornar um de novo.

— Transforme-o de volta — pediu Aurora.

— Eu já aviso — disse Malévola — que não gostava das histórias dele.

— Não diga... — respondeu Diaval.

Ela dirigiu-lhe um olhar azedo, mas não totalmente sério.

Malévola deixou o gato meio pular, meio cair de seu colo. Ele soltou um miado ao pousar na grama. Então farejou o ar, como se tivesse captado algum cheiro particularmente interessante.

MALÉVOLA: O CORAÇÃO DA RAINHA

Malévola fez um gesto com as mãos, como se estivesse sacudindo água delas. O gato começou a crescer e o pelo desapareceu, revelando um homem vestido com roupas de viagem. Ele olhou em volta confuso e, depois, horrorizado.

— Se... seu *pesadelo*! — disse o contador de histórias a Malévola.

Ela devolveu-lhe um grande sorriso, profundamente encantada com a aflição do homem.

— Que coisa maravilhosa a dizer! Agora, lembre-se, não me irrite de novo ou não há como prever o que eu farei. Talvez você queira experimentar ser um peixe da próxima vez.

Aurora se ajoelhou ao lado do ex-gato.

— Não, não há nada com que se preocupar. Ela não é assim. — Tirou do dedo um anel de ouro, com uma pérola, e lhe ofereceu: — Aqui, leve isto como compensação pelo que houve.

Malévola ficou obviamente ofendida.

— É claro que eu sou exatamente *assim*! — murmurou.

— Por que não mostro a ele a saída dos Moors? — interrompeu Diaval, passando o braço pelos ombros do homem e ignorando sua tentativa de se desvencilhar. — Podemos nos lamentar por termos sido transformados. Venha, vamos. Existem tão poucas pessoas que realmente entendem nossos problemas.

Malévola observou-os partir e depois ficou ao lado de Aurora.

— Está contente?

— Sim — disse Aurora, apoiando a cabeça no ombro de Malévola.

A fada acariciou distraidamente seus cabelos dourados, e Aurora suspirou.

— Acha que eu acabaria sendo horrível se tivesse sido criada no palácio? Que *eu* odiaria fadas?

— Acho que você nasceu com um coração generoso — respondeu Malévola —, e ninguém poderia torná-la diferente.

— Eu teria medo, então? — Aurora continuou, pensando nas moças de sua idade que estavam entre os aldeões e camponeses.

— Você nunca teve medo de nada. Mesmo quando deveria.

Aurora sorriu afetuosamente para Malévola.

— Venha — sua madrinha disse. — Jante comigo.

Elas jantaram no palácio enfeitiçado de heras e musgo, a uma mesa de madeira retorcida. Pilhas de doces, uma jarra cheia de nata que Aurora esperava que não tivesse sido roubada e ovos de pato foram espalhados sobre pratos e tigelas de argila preta.

Quando ficou satisfeita, Aurora deitou-se em almofadas de musgo e ficou olhando para as estrelas através de uma tela de heras.

— Você deve gostar deste lugar — disse Malévola erguendo uma sobrancelha —, ao menos um pouquinho.

— Claro que sim — disse Aurora, estendendo os braços. — Eu o amo. E eu amo que você o tenha feito para mim.

Tudo era como antes de Aurora descobrir de quem era filha, o que Malévola havia feito, e o que fora feito com ela.

Ela lançou um olhar de canto para a madrinha, que descansava em outra almofada. Ela ficava diferente de asas. Ocupava mais espaço, mas também parecia ser mais leve do que nunca. Aurora nunca percebera o quanto ela devia ter se sentido confinada ao ser forçada a caminhar no chão como Aurora.

Havia muitos fatos dos quais não havia se dado conta.

Como teria sido ser tão desastrosamente apaixonada por Stefan e ser tão horrivelmente traída? Como teria sido enfrentá-lo? Como seria agora tentar confiar nos humanos o suficiente para assinar um tratado com eles?

Aurora pensou na reunião que tivera com os aldeões naquela tarde e na expressão estranha de Phillip. Eles haviam combinado de passear, mas ele não fora buscá-la, então será que estava aborrecido de alguma forma? O pensamento a incomodou mais do que deveria. Desejou que pudesse pedir um conselho a Malévola, mas tinha quase certeza de qual seria sua sugestão.

Cozinhe o coração dele no espeto. Asse-o bem. Depois, jogue fora.

— Quer que eu prepare sua cama, como eu costumava fazer quando você era pequena, praguinha? — perguntou Malévola.

Aurora sorriu à menção do antigo apelido.

— Sim.

Seria bom ficar longe do castelo em Perceforest, longe da fumaça, do ferro e da sensação constante de que estava prestes a ser encurralada.

Quando era menor, dormia em uma rede de seda de aranha pendurada nos galhos de uma árvore enorme. Mas, naquela noite, tinha uma cama mágica em um caramanchão de folhas.

Aurora subiu na cama e cobriu-se com as mantas feitas por fadas, todas quase impossivelmente leves e quentinhas. Mas, algumas horas depois, enquanto Malévola cochilava em um divã, com as asas dobradas tão fortemente contra suas costas como as de um pássaro, Aurora ainda estava bem acordada.

Desejava descansar, mas, quando seus olhos se fechavam, todo seu corpo estremecia num terror inominável. Depois de várias tentativas, seu coração batia tão forte que ela sabia que o sono não viria. E, se não tomasse cuidado, Malévola poderia descobrir seu problema. Aurora sabia que isso faria a madrinha se sentir mal. Era tudo o que não queria.

Deslizou da cama o mais silenciosamente que pôde. Não se preocupou em procurar seus sapatos ou até mesmo em colocar o vestido por cima das roupas de dormir. Desceu correndo as escadas para fora do palácio. O musgo sob seus pés era macio, frio e um pouco úmido. A brisa estava quente. Pôs-se a andar. À luz das estrelas, pedras preciosas brilhavam sob as ondas. Viu wallerbogs roncando suavemente, dormindo sob cobertores de folhas amontoadas.

Aurora caminhou até quase chegar no limite onde antes havia uma barreira entre os Moors e as terras humanas. Lá ouviu um som, muito alto para ser um gambá e muito hesitante para ser um urso. A princípio, pensou que poderia ser um cervo vindo mordiscar as folhas verdes e frescas.

Quando se deu conta de que era um humano, ele estava perto demais para que seu grito fizesse alguma diferença.

15

Malévola não sabia ao certo por que tinha acordado. Virou-se no divã e seu olhar automaticamente foi checar se Aurora estava bem.

Mas Aurora não estava na cama.

As mantas bordadas estavam empilhadas no lugar onde a menina deveria estar, uma delas caída no chão como se a jovem a tivesse chutado para longe. Malévola sentou-se e olhou em volta. O vento soprava através das árvores na varanda, causando uma chuva de folhas prateadas.

Caminhou até avistar pegadas no musgo. Pareciam espaçadas, sem pressa. Sem dúvida, Aurora voltaria em um instante.

Mas um instante se passou, e depois outro, e Malévola não conseguia deixar de se preocupar. Foi seguindo a trilha de pegadas, a apreensão aumentando ao perceber que elas iam além do que poderia ser explicado pelas necessidades de um corpo.

Suas asas flexionaram-se, abrindo e fechando inquietamente com o ímpeto de voar e inspecionar a paisagem até encontrar Aurora, mas sua visão do solo seria obscurecida por heras grossas e árvores floridas, e temeu não encontrar as pegadas novamente caso parasse de segui-las.

Então Malévola ouviu uma voz. Não a de Aurora — uma voz mais grave, provavelmente de um homem. Ela correu, movendo-se rapidamente entre as árvores. E parou ao ver Phillip caminhando ao lado de Aurora com as mãos cruzadas atrás das costas.

Phillip, *ali*, depois de tê-lo alertado. Desafiando-a.

Malévola sentiu uma onda de raiva tão avassaladora que a surpreendeu, esmagando até mesmo o alívio por encontrar Aurora ilesa. Quando olhava para o Príncipe Phillip, tudo o que via era Stefan, e, quando olhava para Aurora, tudo o que via era um coração partido.

— Você veio mesmo até aqui para o nosso passeio? — a garota perguntou a ele.

Malévola recuou, atrás de uma árvore, escondendo-se da vista dos dois.

— Eu queria ter chegado um pouco mais cedo, mas… — ele hesitou dando uma risada autodepreciativa. — Eu me perdi de novo. Você sabia que existem fadas que fazem a gente andar em círculos? Mas eu falei com elas gentilmente, e elas me trouxeram quando terminaram de brincar.

Aurora lhe sorriu com olhos brilhantes, como se o fato de ele ser bobo fosse algo a seu favor.

Malévola pensou que deveria ter dito àquelas fadas que fizeram Phillip andar em círculos para levá-lo a um pântano do qual ele levaria semanas para escapar. Meses, até.

Com raiva, viu quando Phillip pegou a mão de Aurora.

— Eu precisava vê-la. Eu…

— Você vai dizer que deve retornar a Ulstead — Aurora disse com o olhar fixo em suas mãos unidas.

Phillip fora pego de surpresa.

— Lady Fiora me contou que sua família enviou um mensageiro. — Ela respirou fundo e falou rapidamente, como se tivesse ensaiado as palavras e agora só estivesse tentando pronunciá-las. — Sei que você deve ir, mas eu… gostaria que pudesse ficar mais alguns dias. Realizaremos um festival e, se você vier dançar com o Povo das Fadas, com certeza ajudará o povo de Perceforest a ter menos medo deles.

— E se eu dançar com você?

Aurora riu.

— Aí é provável que eu pise em seus pés.

— Vou calçar minhas botas mais rígidas — disse o Príncipe Phillip.

Ela olhou para o rosto dele.

— Então talvez concorde em ficar um pouco mais?

Malévola estava começando a acreditar que talvez tivesse convencido Phillip a ir embora, afinal. Talvez ele realmente estivesse voltando para Ulstead e só queria dizer adeus. Um dia ou dois a mais não fariam diferença, contanto que ele partisse.

— Há algo mais que quero contar — Phillip continuou. — Antes de partir, queria lhe dizer...

Não, de jeito *nenhum*.

Devia ter suspeitado. É claro que aquele menino bobo tentaria conquistar o coração de Aurora para depois desaparecer em Ulstead e nunca mais voltar. É claro que ele queria que Aurora acreditasse que seu amor por ela o tornava diferente de todos os outros príncipes gananciosos — egoístas, famintos por poder e cruéis. Mas seria uma mentira. Era tudo mentira.

Bem, Malévola não permitiria.

Saiu das sombras e caminhou pela grama, suas asas parecendo um manto estendido atrás de si. Ela apontou o dedo indicador para Phillip, sua unha era uma garra ao luar. A magia faiscou verde em torno de suas mãos.

— Você me desobedeceu, principezinho.

Aurora prendeu a respiração com surpresa.

— Madrinha! O que está fazendo aqui?

— Interrompendo-o antes que cometa um erro terrível — disse Malévola.

Aurora se colocou entre a madrinha e o príncipe, parecendo brava.

— Pare de tentar assustar Phillip! A que suposto erro está se referindo?

Malévola viu-se impotente para responder. Não podia revelar que tinha ouvido as confissões de amor do garoto; era exatamente isso que não queria que Aurora soubesse.

— Ele não tem minha permissão para estar aqui nos Moors — disse ela. — Já o avisei que não gosto de desobediência.

— Phillip queria falar comigo — disse Aurora. — E ele é meu amigo. Não precisa da *sua* permissão enquanto tiver a minha, já que *você* me tornou rainha daqui.

Malévola ignorou o argumento, zangada demais para ser razoável.

— Se o erro dele foi vir até aqui, o seu é confiar tão facilmente. O que você sabe sobre ele?

— Nunca tive intenção de fazer mal a Aurora — disse Phillip —, nem a ninguém dos Moors. Eu posso jurar, até pela minha vida.

— Palavras precipitadas.

Era uma tentação, posta diante de si como um banquete. *Jogue uma maldição nele*, pensou. *Torne a promessa uma força viva. Jogue um feitiço para que, caso ele faça o menor mal a Aurora, sinta três vezes a dor. Para que, caso levante a mão para uma fada, caia morto na mesma hora.*

— Pare de olhar para ele assim! — Aurora estava tremendo de raiva.

Logo Aurora, que odiava ficar com raiva. A última vez em que ela gritou com Malévola foi quando descobriu quantos segredos estavam sendo escondidos dela. Quando descobrira que Malévola não era sua protetora, sua madrinha, mas sua inimiga.

Malévola não queria ser considerada uma inimiga de novo.

Respirou fundo uma vez e depois outra, deixando a magia verde desaparecer de seus dedos.

Não, encontraria outra maneira.

— Talvez *seja* bom eu conhecer Phillip um pouco melhor — concedeu, embora mal conseguisse olhar para ele com outra intenção senão hostilidade. Mas era Aurora que precisava conhecê-lo melhor, para notar suas mentiras. E talvez houvesse uma forma de fazer o príncipe se comportar como a pessoa que ele sem dúvida seria quando estivesse de volta a Ulstead. — Venha jantar aqui nos Moors conosco, amanhã à noite. Antes do festival de Aurora e de sua partida.

— Seria um prazer — aceitou o Príncipe Phillip, como se o convite fosse perfeitamente normal e não uma forma de desafiá-lo.

Ótimo. Que venha para os Moors, sentar-se à mesa de Malévola e comer de seus pratos. Ele gostava das fadas tanto quanto qualquer outro humano. Ele ficaria com medo e, assim que isso acontecesse, mostraria a Aurora sua verdadeira natureza.

— Não precisa — disse Aurora, sua voz contendo um grande desejo de adverti-lo com mais firmeza.

— Se ele deseja a minha aprovação, aceitará o meu convite.

— Ah — disse Phillip com uma reverência —, nunca pensei em recusar.

Aurora franziu o cenho, mas tudo que disse foi:

— Boa noite, então. Foi muito gentil da sua parte ter vindo até aqui para me dar notícias suas. Lamento não termos conseguido dar nosso passeio.

— Depois do jantar amanhã, talvez — ele sugeriu.

O sorriso de Aurora floresceu, brilhante como uma estrela. Malévola se controlou para não revirar os olhos.

Com um aceno distraído, o Príncipe Phillip partiu dos Moors, seguido apenas pela careta de Malévola.

— Por que está determinada a não gostar dele? — Aurora perguntou, virando-se para ela com uma nova faísca de raiva em seus olhos. — Ele tem sido um bom amigo para mim desde que fui coroada rainha. Não é possível que você acredite que ele esteja aqui para ganhar a minha mão, como Lorde Ortolan presume. E, mesmo que acredite, deve saber que não estou interessada em nenhum namoro!

— Eu só desejo que você não cometa os mesmos erros que cometi — replicou Malévola, colocando a mão no ombro de Aurora. Talvez tivesse agido precipitadamente. — Você sabe pouco sobre o mundo, como eu àquela época. E sofri por isso. Eu não quero que você sofra por nada. Não quero que seja traída, que tenha seu coração partido, mesmo por um bom amigo.

Aurora recuou.

— O que devo fazer com o meu coração, então? Cercá-lo de espinhos, como você fez?

— Você *é* meu coração — Malévola disse suavemente. — E está certa, eu o protejo ferozmente.

16

— Você a ouviu esta tarde? — Lorde Ortolan perguntou, andando de um lado para o outro em seu quarto. — Devemos agir, e rapidamente.

Ele conseguira seu lugar na corte do Rei Henry muitos anos antes. Sabia como bajular um governante, como inflamar a ambição em seu coração.

Fora fácil conduzir o Rei Henry a excessos cada vez mais extravagantes, até que a guerra contra os Moors se tornou a única maneira de aumentar o tesouro real. Lidar com o Rei Stefan tinha sido mais difícil, especialmente após a morte da Rainha Leila, quando ele passava cada vez mais tempo sozinho, gritando com o par de asas que havia engaiolado, como se elas fossem lhe dar conselhos.

Tal revés, no entanto, trouxe a Lorde Ortolan novas oportunidades. Afinal, se o Rei Stefan não era capaz de lidar com questões comerciais e tributárias, então outra pessoa tinha de fazer isso. Alguém tinha que anotar no registro oficial as movimentações de ouro e de prata. E alguém tinha que ajudar aqueles nobres que buscavam o apoio de Stefan a conseguir sua atenção. Se Lorde Ortolan conseguira enriquecer fazendo tudo isso, bem, fora apenas por merecimento.

Mas nenhuma de suas táticas parecia estar funcionando com Aurora. Ela pouco se importava com a bajulação e, embora tivesse ambição, não era do tipo que Lorde Ortolan achava útil explorar.

— É claro que eu a ouvi — disse o Conde Alain, sentando-se em uma cadeira. — Não creio que a Rainha Aurora se importe nem um pouco com seus conselhos.

Lorde Ortolan encarou o conde, incapaz de esconder sua raiva. Trabalhar com seu pai havia sido fácil. Ele entendia o que era necessário para realizar certas coisas, e Lorde Ortolan supusera que o filho puxaria o pai. Mas, até agora, o jovem só tinha causado decepção. Conde Alain estava acostumado a conseguir o que queria sem ter de se esforçar.

— Tenha cuidado — advertiu o lorde. — Você precisa de mim. Não o contrário.

— Ah, é? — perguntou Alain. — E suponho que você tenha outra maneira de conseguir que seu sobrinho seja nomeado seu sucessor, ainda que ele seja só um pouco mais velho que a própria Aurora.

Lorde Ortolan cerrou os dentes, mas não rebateu. Alain podia ser orgulhoso e preguiçoso, mas não estava errado. E Lorde Ortolan dependia dessa preguiça; caso contrário, como seu sobrinho conseguiria assumir a operação de desviar fundos do tesouro?

— E, no entanto, você tem menos influência do que eu, mesmo depois do seu presente extravagante.

Conde Alain suspirou.

— Você disse que ela seria fácil de manipular.

— Eu estava errado. Não percebi quão fundo a podridão corria.

Lorde Ortolan baixou os olhos para o conde.

— Mas ainda há esperança. Você se tornará o herói da garota.

— E como é que eu vou fazer isso? — reclamou Alain.

— Precisamos de uma história. E de um vilão. E devemos separá-la de Malévola e de Phillip — declarou o lorde. — A única questão é se você terá coragem de fazer o que deve ser feito.

17

O dia seguinte foi cheio de preparativos para o festival. Os cozinheiros tiveram de trazer queijos enormes, salsichas, barris de maçãs, cestos de ovos e carrinhos lotados de sacos de farinha, assim como dezenas de jovens promissores para ajudá-los a transformar esses suprimentos em um banquete.

Diversão significa trabalho, e muito trabalho.

Mastros foram erguidos; fitas, trançadas; tendas, costuradas; e cadeiras, montadas. Músicos chegavam cedo, vindos do interior. Panelas foram emprestadas e espetos confeccionados pelo ferreiro do castelo.

Todos pareciam cheios de energia renovada. Os cortesãos estavam ansiosos planejando com qual roupa ir. Duas jovens recém-chegadas de um baronato estavam quase em êxtase de tanta alegria.

— Ah! — exclamou Lady Sabine, que tinha a pele bem bronzeada e o cabelo preto lustroso puxado para trás sob um véu. — Que felicidade para nós estarmos aqui na corte.

— E esperávamos que oferecesse um baile! — disse sua irmã gêmea, Lady Sybil. — Que maravilha que chegamos bem a tempo para o festival. E haverá dança, então é muito parecido com um baile, na verdade.

— Suponho que sim — disse Aurora com hesitação.

Para ela, bailes lembravam gente chique em vestidos enormes. Não eram como o seu festival, no qual todos seriam bem-vindos.

E, claro, estava preocupada com o tratado. Escutara tudo o que humanos e fadas haviam lhe dito e o reescrevera sozinha. Não tinha certeza se o documento deixaria os dois lados felizes, mas esperava que fosse justo o suficiente para que todos ficassem pelo menos igualmente infelizes.

— Perdoe-me pelo que direi, mas o Rei Stefan e a Rainha Leila eram governantes bastante *severos* — disse Lady Sabine. — Não há nada de errado com isso, é claro, mas vossa senhoria é tão jovem que esperávamos...

Sybil entrou na conversa, meio interrompendo a irmã, meio como se estivessem falando em uma só voz e sem parar.

— Imaginamos muitas vezes como seria conhecê-la. Achamos que poderia estar se sentindo sozinha, pela maneira como foi criada. E pensamos que talvez quisesse se divertir um pouco.

Aurora quis dizer que ela não fora solitária, pois tinha suas tias, Diaval e sua madrinha, mas não seria totalmente verdade. Ela não tivera amigos de sua idade. Não tivera alguém com quem brincar e a quem confiar seus segredos, pelo menos não até... Ela afastou esse pensamento.

— *Espero* que possamos nos divertir — respondeu Aurora enquanto Lady Fiora se aproximava, claramente ouvindo a conversa.

— Já que está planejando um baile — começou a dizer Lady Fiora —, já pensou em um par para abrir as festividades? Alguém deve conduzi-la à pista de dança.

Aurora não tinha pensado nisso.

Lady Sybil deu uma risadinha.

— Sim, todos vão querer a sua mão, e todos prestarão atenção em quem Vossa Majestade escolher. É tudo muito emocionante!

— Vossa Majestade deveria dançar com o Príncipe Phillip — disse Lady Sabine. — Ele é muito bonito, não acha?

— Oh, sim — concordou a irmã. — E é um príncipe, então seu título está apenas abaixo da rainha. Talvez Ulstead se ofenda se vossa senhoria não lhe conceder a primeira dança. Afinal, ninguém mais ocupa posição tão alta.

Aurora sorriu ao se lembrar da resolução de Phillip de calçar sapatos rígidos para que ela pudesse pisar à vontade nos pés dele. Se pudesse abrir o baile com ele, poderia relaxar. Ele a conduziria sem julgá-la por saber menos os passos do que qualquer outra moça da nobreza.

— Creio que poderia dançar com ele, se for uma cortesia — disse Aurora, esperando que seu alívio não fosse óbvio.

Mas Lady Fiora não parecia convencida.

— Pode dar a impressão de que o prefere em relação aos seus outros pretendentes — argumentou.

— Pretendentes? — Aurora repetiu. — Não, não, ele está voltando para Ulstead, como você mesma me informou.

Por um momento, não pôde deixar de pensar na noite anterior e no nervosismo do príncipe. Ele queria lhe dizer algo mesmo depois de descobrir que ela sabia sobre seu retorno para Ulstead. E, quando começou a falar, antes de sua madrinha interromper, Aurora temeu que talvez ele lhe contasse algo terrível. Algo pior do que ter de ir embora. E se ele lhe dissesse que ficaria ocupado demais com seus estudos e não teria mais tempo para ela? E se nem mesmo quisesse mantê-la como uma amiga distante?

Talvez Malévola tivesse razão em se preocupar. Se a ideia de perder uma amizade era tão dolorosa, perder um amor devia ser terrível.

Lady Sybil parecia tão desapontada quanto Aurora:

— Suponho que possa escolher um nobre mais velho. Dançar com alguém assim não ofenderia ninguém, mas que enfadonho!

Abrir a pista de dança com alguém como o enferrujado Lorde Ortolan seria mesmo horrível.

— Talvez seja melhor eu simplesmente não dançar — disse Aurora, mas as moças imediatamente tiraram essa ideia de sua cabeça.

— Mas é claro que a Vossa Majestade deve dançar! — exclamou Lady Sybil. — Do contrário, será como se estivesse dizendo que não aprova a diversão. Ninguém dançará se a rainha não dançar.

— Acho que meu irmão pode ser uma boa opção — sugeriu Lady Fiora. — Certamente ninguém julgaria estranho vossa senhoria dançar com um conterrâneo, com alguém cuja família é há tanto tempo leal ao trono. E a rainha sabe que ele é o cúmulo da elegância.

Aurora pensou no colar de ferro frio.

— Eu não acho que...

No mesmo momento, suas tias voaram para dentro da sala, farfalhando seus vestidos coloridos e brilhantes.

— Aurora! — chamou Knotgrass. — Gostaríamos de saber sua opinião sobre algumas guirlandas.

— Sim — concordou Thistlewit. — Eu prefiro margaridas, mas...

— Mas jacintos-silvestres ficariam melhor — protestou Flittle.

— Todo mundo gosta de peônias — insistiu Knotgrass.

— Então, veja, minha querida — expôs Thistlewit —, você deve decidir. Queremos decorar seu festival com muitas flores. Será difícil enfeitiçar tantas pétalas, mas sabe que não há nada que não façamos por você.

— Bem, só algumas coisinhas — disse Flittle.

— Pouquíssimas coisas — acrescentou Knotgrass.

Aurora sorriu para elas enquanto discutiam. Podiam ser tolas, e às vezes egoístas, mas também eram suas tias queridas.

— Todas são flores adoráveis. Escolho todas elas!

— Que beleza! — exclamou Knotgrass. — Mas tem certeza de que não prefere só peônias?

Lady Sabine e Lady Sybil olharam para as fadinhas pairando no ar, com o zumbido de suas asinhas brilhantes. Pareciam emocionadas ao conhecerem as tias de Aurora.

— Estávamos conversando sobre o meu primeiro parceiro de dança — disse Aurora a Flittle. — Quem você acha que deveria ser, tia?

— Como eu estava dizendo... — insistiu Lady Fiora, aborrecida.

— Um concurso! — disse Flittle. — Deixe alguém ganhar a sua mão.

Lady Sybil e Lady Sabine puseram-se a elogiar a engenhosidade da pequena fada. Flittle parecia imensamente lisonjeada com a atenção, enquanto as outras duas foram ficando cada vez mais irritadas.

— Eu poderia ter dado a mesma ideia — disse Knotgrass.

— Mas não deu, não é? — provocou Thistlewit.

Lady Fiora pareceu pensativa.

— Eu... creio que ninguém ficaria ofendido se organizássemos uma competição pela honra de conduzi-la à pista para a primeira dança. E Vossa Majestade disse que queria jogos.

Realmente não poderia haver objeção a isso, Aurora pensou. Poderia até ser divertido.

— Ótima ideia — concordou dando um abraço em Flittle, o que surpreendeu a fadinha. — Só temos de pensar no tipo de concurso que faremos.

— Não um jogo de azar — preveniu Lady Sybil. — Não devemos brincar com a sorte.

— Um concurso de charadas — declarou Aurora.

Uma competição de esperteza agradaria às fadas — e se ela tinha qualquer outro motivo para escolher essa habilidade em particular, nunca admitiria, nem para si mesma.

As gêmeas bateram palmas, maravilhadas.

— Perfeito — comemorou Lady Sabine. — Agora é só uma questão de escolher a data!

— *Agora*, é claro — falou Lady Fiora. — Por que não? Podemos reunir todos os cavalheiros. Será um bom jogo para entreter a nossa tarde.

Mas, pensando bem, Aurora concluiu que não gostava da ideia de excluir o Povo das Fadas e os aldeões.

— O concurso de charadas tem de fazer parte do próprio festival — disse a rainha. — Nobre ou camponês, fada ou humano, qualquer um com vontade e esperteza pode inaugurar o baile comigo.

Lady Fiora ficou chocada.

— Mas você pode acabar tendo de dançar com uma criatura odiosa. Ou imunda. Ou fedendo a cebola e repolho.

A lady empinou seu belo narizinho.

— Desde que seja alguém bom de charadas — Aurora assegurou. — E que não se importe que eu pise em seus pés.

18

Na noite anterior ao festival, Phillip partiu a cavalo para jantar com as fadas nos Moors.

Quando Aurora disse que sabia o que ele queria lhe dizer, seu coração disparou. Ela deduzira que a notícia era seu retorno a Ulstead. Devia tê-la corrigido. Mas não corrigiu. Deixou que acreditasse que esse era o motivo pelo qual fora aos Moors e tinha lhe pedido para dar um passeio com ele. Parecera inofensivo. Disse a si mesmo que seria capaz de confessar seu amor de qualquer maneira, só precisava de um pouco mais de tempo. E as palavras estavam na ponta da língua quando Malévola chegara.

Desta vez, sabia que tinha de colocá-las para fora.

Ele cavalgava pela floresta, a lua estava alta no céu. Conforme avançava, a folhagem ficou mais densa, o ar tornou-se espesso com os aromas doces das flores e o solo se encheu de poças d'água, refletindo as estrelas.

Alguns momentos depois, pequenas fadas brilhantes sobrevoaram sua cabeça, rindo.

— Por aqui — disseram. — Nossa senhora nos enviou para conduzi-lo.

Phillip pensou na última vez em que havia sido guiado — ou melhor, *desviado* — por um membro do Povo das Fadas e verificou as estrelas. Não queria se perder e se atrasar, especialmente naquela noite. Estava bem ciente de que aquilo era um teste, um teste no qual não podia falhar se quisesse que Malévola mudasse a má impressão que tinha dele. Phillip desejava conseguir a aprovação dela, mas se contentaria com o fim de suas ameaças.

Parecia, porém, que as fadinhas o levavam na direção certa. Logo as piscinas rasas se abriram até formarem um lago pontilhado com pequenas ilhas e luzes florescendo sob a superfície da água. Ninfas emergiam e mergulhavam novamente, guiando-o à maior e mais central das ilhas, onde pôde avistar os contornos de Malévola e Aurora. Um castelo verde com torres alcançando o céu apareceu atrás delas. Elas estavam sob uma árvore decorada com lanternas reluzentes ao lado de uma mesa comprida. Estavam acompanhadas por uma porção de fadas, nenhuma delas familiar.

Phillip piscou, surpreso com o enorme palácio folhoso. Tinha certeza de que a construção não estivera ali antes. Mas os Moors eram mutáveis, e ele deduziu que a magia fazia a paisagem se alterar de acordo com os caprichos das fadas.

Conforme se aproximava, seu coração batia mais rápido. Se alguém de Ulstead o visse fazendo isso, acharia que ele enlouquecera. Metade dos nobres de Perceforest concordaria. Havia inúmeros rumores sobre a comida dos Moors e como até mesmo uma única mordida poderia atar uma pessoa às fadas, prendendo-a em suas garras para sempre. No entanto, com o sorriso tímido de Aurora tornando-se nítido, não conseguia se arrepender de ter vindo.

Se isso significasse ficar ligado a ela, até que não seria um destino tão terrível.

Aurora estava usando um vestido fluido marfim, que esvoaçava com a leve brisa. Seu cabelo estava solto, caindo sobre os seus ombros como uma cascata de ouro, e ela usava uma guirlanda de flores no lugar da coroa. Estava tão linda que, por um momento, ele sentiu como se todos os outros pensamentos tivessem sido arrancados de sua cabeça.

— Olá, Phillip — cumprimentou Aurora, descendo a colina de pés descalços.

Ela fez um carinho no focinho do cavalo dele, rindo enquanto o animal fungava em sua mão.

Observando-a, ele sentiu um amor tão intenso que não era muito diferente de uma agonia.

— Você está bonita hoje — disse ele, e imediatamente sentiu-se um idiota. Sem dúvida poderia lhe fazer um elogio melhor do que aquele.

Uma das fadas-ouriço se aproximou e pegou as rédeas de seu cavalo. Ele desmontou com um salto e suas botas polidas afundaram imediatamente na lama. Olhou tristemente para os pés.

Phillip vestia um gibão de veludo azul-escuro adornado com cordões dourados no peito e nos ombros. E botas enlameadas.

Malévola caminhou até a beirada da ilha com as penas de suas asas se agitando ao vento. Seu cabelo estava escondido sob um capuz preto, e havia adornos na base de seus chifres e um colar de contas ao redor do pescoço, todos de azeviche. Ou, pelo menos, foi isso que ele pensou. Olhando de novo, as contas pareciam besouros pretos cintilantes. Quando ela o viu, seus lábios se abriram num grande sorriso, talvez um pouco grande demais para o bem de Phillip.

Ao lado dela estavam Diaval, o homem-corvo, e uma série de membros do Povo das Fadas — wallerbogs, árvores-sentinelas, fadas-cogumelo, fadinhas, duendes e homens-raposa. Algumas das criaturas aproximaram-se e outras fugiram. Todas olhavam para o príncipe com olhares mais animalescos do que humanos.

— Você veio — disse Malévola como se isso fosse uma surpresa, e não necessariamente uma boa surpresa.

Phillip ofereceu o braço para Aurora. Ela o aceitou, e seu corpo lhe pareceu uma presença acolhedora e tranquilizadora conforme foram se afastando da orla e se aproximando de Malévola.

— Madrinha — disse Aurora —, que tal nos sentarmos?

O olhar de Phillip se desviou para o banquete sobre a longa mesa forrada com uma toalha escarlate. Travessas de prata de diferentes dimensões estavam repletas de comidas, algumas familiares, mas muitas desconhecidas. Havia jarras pesadas, taças de vidro preto e uma porção de velas grossas, cuja cera escorria pelas laterais formando pérolas e riachos cintilantes.

— Sim, claro — disse Malévola, estendendo a mão para a mesa em sinal de convite. —Eu não quero que nenhum de vocês passe fome.

A fada tomou seu lugar numa imponente cadeira à cabeceira da mesa. Era alta e parecia ter chifres que se curvavam para dentro e para fora, esculpidos em ébano. Ela gesticulou para a outra ponta da mesa, onde repousava uma cadeira igual.

— Como convidado de honra, sente-se ali, Phillip. E você, minha querida — voltou-se para Aurora —, pode sentar-se ao meu lado.

Uma fada-gambá vestindo uma capa puxou a cadeira de Aurora. Era esculpida em forma de asas abertas e revestida com folhas de ouro, de modo que brilhava quase tão intensamente quanto os cachos de Aurora.

Outras fadas começaram a correr para a mesa e tomar seus lugares; algumas subiram em banquinhos, outras em pilhas de travesseiros e as mais altas sentaram-se em assentos baixos feitos de troncos ocos.

Na outra extremidade da mesa, Phillip refletia sobre o que Malévola tinha reservado para ele. Até mesmo os talheres o intimidavam. De um lado de seu prato de metal havia o que parecia ser um pequeno garfo de prata, e do outro, uma adaga. Ele ergueu a adaga experimentalmente e a achou pesada, como uma arma de verdade.

Uma pequena fada-ouriço despejou água de flor de sabugueiro em uma taça de vidro preto diante dele. O ar foi perfumado com um cheiro tão agradável que ele se permitiu dar um gole.

Tinha gosto de água doce e pura, do tipo que borbulhava direto da fonte. Bebeu tudo no que pareceu ser um único gole.

Isto não será tão ruim, pensou um segundo antes de notar que um dos pratos tinha pernas de caranguejo e estava rastejando em sua direção. Ele se assustou, recostando-se na cadeira.

— Algo errado? — Malévola falou do outro lado da mesa.

— N-não — Phillip respondeu enquanto outro prato percorria pela mesa, desviando para o que parecia ser uma mulher feita inteiramente de raízes e folhagens.

Uvas gorduchas saltaram na direção dele, seguidas por um prato com vários tipos de cogumelos, como cantarelo, frango-da-floresta, champignon anel-de-fada, orelha-de-porco e cogumelos-de-mel, todos cozidos com folhas de alho-selvagem. Em seguida, salicórnia-do-pântano refogada. Depois, uma coleção de ovos cozidos desfilou diante dele: ovos de cobra, ovos de estorninho, ovos de codorna, brancos e marrons, alguns salpicados e outros azuis. Alguns pratos eram carregados por besouros, enquanto outros repousavam nas costas de tartarugas. Outros pareciam encantados. Por último, uma pilha de amoras e ameixas silvestres deslizou à sua frente, ao lado de um pote de creme fresco.

Atrás havia um prato de aranhas fritas crocantes e uma bandeja com ovos de cobra oblongos e brancos.

Uma terrina grande com rodinhas foi puxada sobre a mesa por uma pequena fada. Continha um purê verde brilhante de alho-poró e urtiga. A fada movia uma concha de forma ligeiramente ameaçadora e despejou um pouco do purê, sem cerimônia, numa tigela em frente ao Príncipe Phillip.

— Esperamos que não se importe com a simplicidade da comida — disse Malévola com um sorriso grande e malicioso.

Ao lado dela, Aurora parecia inquieta. Olhava para Phillip como se esperasse que ele fugisse da mesa. E ele tinha de admitir que estava tentado a fazer isso. Acima deles, o que ele primeiro tinha pensado serem lamparinas a óleo suspensas nas árvores eram na verdade minúsculas fadinhas, brilhando com uma luz amarela pálida e olhando para ele.

Lembrou-se de uma história que sua babá lhe contara quando era criança, sobre uma garota que fora enviada por sua madrasta malvada para morrer no frio. Na neve, a garota tropeçou em uma bruxa sentada ao pé de uma fogueira. A menina foi tão educada que a bruxa deu a ela um casaco de pele quentinho para que passasse a noite com aconchego. Quando a menina voltou para casa, descobriu que seus bolsos estavam carregados de tesouros. Com inveja, a madrasta mandou a própria filha na noite seguinte. Mas sua filha foi rude com a bruxa, então ela apagou o fogo e deixou a garota morrer de frio.

Phillip sabia que as fadas odiavam muitas coisas, mas, acima de tudo, ainda mais que o ferro, odiavam a falta de educação.

— Parece tudo uma delícia — disse Phillip, de modo não muito convincente, até mesmo para seus próprios ouvidos.

— Experimente alguma coisa — convidou Malévola, levando uma uva preta à boca e mordendo-a. O luar refletiu em suas presas, tornando-as inconfundíveis.

— Não sabia do que você gostava, então preparamos um pouco de tudo.

— Sim, estou vendo — disse Phillip, olhando para o vasto número de misteriosas comidas diante de si.

Aurora tinha em seu prato um ovo azul, algumas frutas silvestres e um bolo polvilhado com ervas e mel.

Os bolos ainda não haviam corrido na direção de Phillip. Ela sorriu para ele e levou uma das ameaçadoras taças de vidro preto à boca.

Aurora esperava que humanos e fadas pudessem se dar bem. Phillip precisava tentar. Malévola podia querer assustá-lo, mas dificilmente iria envená-lo na frente de todos.

Provavelmente.

Ele levou uma colher cheia de sopa à boca.

O gosto era surpreendentemente agradável. Engoliu outra colherada. E outra. Depois, espetou alguns cogumelos.

Quando as sobremesas finalmente chegaram, pegou logo três de bom grado.

Um corvo sobrevoou a mesa em círculos e, em seguida, desceu soltando um roedor sobre um prato vazio. O Príncipe Phillip não pôde evitar o espanto ao ver a boca aberta do camundongo e o sangue manchando seu pelo cinza.

O corvo pousou ao lado do prato e pôs-se a bicar o bicho morto.

— Minhas desculpas — disse Malévola, olhando para a mesa. — Príncipe Phillip, você gostaria de um pouco de carne?

Phillip sentiu-se um pouco enjoado ao ver o sangue do camundongo escorrer pelo prato e o bico do corvo puxando tiras de carne vermelha de dentro da pelugem.

— Mal tem o suficiente para Diaval. Melhor não dividir – Phillip conseguiu dizer.

— Mas ele deixou os olhos para você — falou Malévola. — E são a melhor parte. Uma verdadeira iguaria para um corvo. Eles estouram como ovas de peixe na boca.

A mesa ficou silenciosa. As fadas olhavam para ele ansiosamente, esperando.

— Eu prefiro o coração — disse Phillip.

— Phillip… — disse Aurora.

Mas Malévola ergueu-se de sua cadeira.

— Jura? Diaval, você ouviu o que o príncipe disse.

Diaval se aproximou saltando e deixou cair um pedacinho de carne sobre o prato do Príncipe Phillip. Era da cor de um rubi e tinha metade do tamanho de uma uva.

Fizera a Malévola uma promessa extravagante — dissera-lhe que faria tudo o que ela desejasse para ganhar sua aprovação. Estava pronto para jurar por sua vida que não desejava fazer nenhum mal a Aurora.

Perto disso, aquilo não era nada.

Pegou o coração e o colocou sobre a língua. E o engoliu de uma vez.

— Uma iguaria — falou, engasgando-se um pouco com a palavra.

Ao longo de toda a mesa, as fadinhas caíram na risada. Aurora olhava perplexa para ele, com um sorriso se abrindo em seu rosto.

— Você sabe ser educado — admitiu Malévola, enfim. — Não negarei isso. Não gritou nenhuma vez.

Phillip não admitiu que quase havia gritado.

— Foi um jantar muito agradável.

— Não sei se chegou a tanto — observou Malévola.

MALÉVOLA: O CORAÇÃO DA RAINHA

Aurora deu-lhe um cutucão.

— *Madrinha*.

Malévola suspirou profundamente.

— Muito bem. Você é bem-vindo nos Moors. Aurora pode acompanhá-lo até o seu cavalo, se ela quiser. Mas eu aviso: tome cuidado com o que fala. A hospitalidade pode ser revogada.

Phillip supôs que aquilo era o máximo que poderia esperar. Empurrou a cadeira e se levantou.

— Você me acompanharia?

— Com prazer — Aurora respondeu.

Juntos, eles se afastaram da mesa do banquete. Uma nuvem de fadinhas passou voando por eles.

— Você se saiu muito bem hoje — disse Aurora. — Eu acho que até impressionou minha madrinha. E você comeu…

— Não vamos falar sobre isso! — ele exclamou, e ela riu.

Caminharam pela noite. Aurora movimentava-se pelos Moors com facilidade, saltando de pedra em pedra.

— Sentirei muito a sua falta quando voltar para Ulstead.

— É sobre isso que eu queria conversar. É verdade que recebi uma carta de casa pedindo o meu retorno, mas ainda não mandei uma resposta. Não foi sobre isso que vim lhe falar naquela noite.

Aurora se virou para ele com uma expressão confusa.

— Foi sobre o quê, então?

Phillip precisava falar da mesma maneira que havia engolido aquele coração de camundongo: de uma só vez.

— Eu amo você — disse a ela.

Toda a postura de Aurora se alterou; seus ombros ficaram rígidos.

— Está zombando de mim, né? Porque todo mundo anda comentando.

— *Eu amo você* – Phillip repetiu. — Amo sua risada e amo como você vê o melhor em todos. Amo que seja tão corajosa e bondosa e que se importe mais com a verdade e com o que é certo do que com o que os outros pensam...

— Pare, por favor — pediu ela, abanando a cabeça. — Seu beijo não quebrou a maldição. Não foi um Beijo do Amor Verdadeiro. Isso significa que você não deve me amar. Não pode ser amor!

— Nós só tínhamos nos visto *uma vez* antes daquilo — argumentou Phillip. — E suas tias não paravam de gritar para que eu a beijasse. Aquele beijo não conta.

Mas essa explicação só deixou Aurora ainda mais aflita.

— Não é justo! Tudo o que já disse na sua frente, a maneira como agi. Vagando sozinha à noite e jogando na frente da lareira com roupas de dormir! Eu nunca teria me comportado dessa forma se eu pensasse que...

Phillip sentiu um frio espalhar-se por seu corpo todo, do coração às pontas dos dedos. Sabia que Aurora poderia não corresponder aos seus sentimentos, mas não esperava que ela ficasse *horrorizada* com sua declaração.

— Entendi — ele disse duramente, fazendo uma reverência formal. — Não devia ter falado nada. Peço licença para me retirar.

— Sim — concordou Aurora. — É melhor você ir.

Anestesiado, tentando não revelar no rosto o que estava sentindo, Phillip partiu.

19

O dia do festival logo amanheceu. Aurora acordou e afastou as cobertas. Depois abriu as janelas, deixando entrar uma lufada de ar doce que carregava o aroma de flores desabrochando e pão assando.

Nada disso a fez se sentir melhor.

Cada vez que ela pensava em Phillip, surgia uma sensação curiosa em seu peito, como se estivesse usando um espartilho muito apertado. E parecia que não conseguia deixar de pensar nele.

Na noite anterior, pegou-se olhando para a fonte à beira dos jardins reais, esperando ver Phillip aguardando por ela ali. Se ele estivesse, teria tentado se explicar melhor, embora não estivesse bem certa do que teria dito.

Marjory entrou, sorrindo.

— Está ansiosa para o festival?

— Sim — disse Aurora, tentando se concentrar nisso. — Hoje os humanos e as fadas dançarão e comerão juntos. Certamente verão que não somos tão diferentes uns dos outros.

Aurora pensou no que Nanny Stoat lhe dissera: *Queremos comida suficiente em nossa barriga para ficarmos fortes, calor suficiente no inverno para nos mantermos saudáveis e lazer suficiente para ter alegria.*

Só que pensar em comida, lazer e alegria a fez se lembrar do enorme banquete da noite anterior. Phillip tinha sido um convidado tão bem-educado que todos gostaram dele. E ela ficara tão feliz.

Até a despedida.

Apaixonar-se quase destruíra Malévola. Negar o amor destruíra o Rei Stefan. E sua incapacidade de amar a Rainha Leila provavelmente arruinara a vida dela também.

O poder do amor era aterrorizante.

O amor em si era, simplesmente, aterrorizante.

Marjory sorriu, um pouco incrédula.

— Eu espero que sim, Vossa Majestade.

Por um momento, Aurora se esqueceu do que estavam falando. Daí se lembrou. Humanos e fadas se dando bem.

— Vão, sim — ela insistiu. — Precisam.

Tinha de conseguir pelo menos uma coisa direito.

Pela manhã, Aurora insistiu em por um vestido simples de lã cinza abotoado do pescoço ao chão, com fendas nos bolsos que mostravam o forro vermelho.

— Voltarei e colocarei meu vestido mais bonito para o festival, mas ainda há muito o que fazer — disse Aurora, ao se vestir.

— Ninguém espera que vossa senhoria coloque a mão na massa — respondeu Marjory.

— Mas pretendo ajudar como puder — disse Aurora —, e não há como saber o que pode acontecer. Prometo voltar.

— Veja bem o que faz — Marjory advertiu. — Não cause comoção entre o seu povo vestida assim.

Momentos depois, Aurora estava descendo as escadas e entrando na cozinha. Apesar das garantias de sua cozinheira-chefe de que sua presença não era necessária ali, ela ajudou a tirar tortas do forno, subiu em uma escada do lado de fora para mexer enormes tonéis de sopa e até mesmo girou um espeto para ajudar a assar peixes recém-pescados. Alimentar toda a aldeia era uma grande tarefa, e as cozinhas pareciam colmeias de tão movimentadas.

Depois de saborear como café da manhã uma tigela de creme, que dividiu com um gatinho do castelo, Aurora dirigiu-se até os jardins, onde criados montavam longas mesas e bancos para as centenas de pessoas que viriam. Guardas preparavam pontos de observação para garantir que ninguém levasse armas para o festival. Fitas e guirlandas eram penduradas nas árvores.

Knotgrass, Flittle e Thistlewit voavam para lá e para cá, enfeitiçando cada vez mais fitas e flores. Uma abundância de flores brotava do topo dos mastros. Fitas envolviam os suportes das tendas e o encosto das cadeiras e, às vezes, até mesmo o punho de um guarda, para sua surpresa e consternação.

— Não está esplêndido? — perguntou Knotgrass. E, com um gesto de sua mão, uma chuva de peônias envolveu um mastro, cobrindo toda a grama ao redor de rosa. — Espero que todos se comportem bem — falou a fada.

Aurora também esperava que sim, mas logo viu Thistlewit transformar vários buquês de peônias em margaridas. Flittle, por sua vez, estava se esgueirando para botar jacintos-silvestres em todos os lugares que podia, mas, pelo menos, não estava mudando as escolhas de suas irmãs. Parecia a Aurora que havia flores e fitas *demais* — e que a quantidade não parava de aumentar. O topo do mastro estava começando a pesar, assim como os suportes das barracas lotados de flores.

— Titias — disse Aurora —, acho que vocês já decoraram o suficiente.

As três fadinhas zumbiram, carrancudas.

— Oh, não, minha querida. Ainda há muito a ser feito — disse Flittle.

— Embora exija muito da nossa magia — disse Knotgrass. — Não que você não mereça.

— Oh, não — disse Thistlewit. — Trabalharíamos até quebrarmos os nossos dedos só para ajudá-la.

— Como sempre fizemos — Flittle acrescentou, para não ficar para trás. — Os sacrifícios que fizemos...

— Tive uma ideia — disse Aurora, interrompendo-as antes que avançassem demais com as declarações de abnegação. — O concurso de charadas será o primeiro evento do festival. Talvez vocês três possam ficar no comando dele.

— Sim, claro! — Thistlewit disse, endireitando-se com um ar de autoimportância: — É um prazer sermos úteis.

Quando saíram voando, o coração de Aurora pesou novamente.

Ela desejara que Phillip vencesse o concurso de charadas — na verdade, havia escolhido charadas como tema por causa dele. Mas, agora, seus pensamentos estavam confusos. Não sabia o que queria.

Marjory acenou para chamar a sua atenção, tirando-a de seus pensamentos. Aurora ficou surpresa ao vê-la andando pelos gramados do castelo.

— O pessoal da cozinha disse que eu a encontraria aqui — disse a garota severamente, colocando as mãos na cintura. — A senhora deve se apressar! Os primeiros convidados chegarão em breve, não pode recebê-los com esse vestido velho.

Aurora olhou para a posição do sol, que estava mais alto no céu do que ela pensava. Músicos e malabaristas já estavam se organizando sobre o gramado. Seu estômago roncou de fome, e ela se lembrou de que não comera nada desde o café da manhã.

— Tem razão — disse Aurora. — Vou me apressar.

Em seus aposentos, seu vestido estava estendido sobre a cama, junto com adereços e enfeites para o cabelo.

Marjory insistiu que Aurora tomasse um banho e se perfumasse antes da troca para um vestido azul-escuro — com um corpete justo, mangas bufantes nos ombros que iam ficando cada vez mais justas até os punhos e um decote revelador que deixava entrever a camisa branca que usava por baixo. As mangas eram bordadas com videiras cheias de flores brancas e cor-de-rosa. Quando ela se movia, a saia rodada girava ao seu redor.

Enquanto Aurora bebia uma xícara de chá e comia uma fatia de pão com queijo, Marjory trançou seu cabelo frouxamente, entremeando-o com uma fita azul, e depois espetou flores brancas entre os fios.

— Vossa Majestade parece ter saído das páginas de um conto de fadas — elogiou Marjory, beliscando as bochechas de Aurora para realçar a cor.

— Agora sente-se você aqui — disse Aurora, levantando-se — e deixe-me amarrar fitas no *seu* cabelo.

Marjory corou.

— Vossa Majestade, isso não seria apropriado.

— Ah, só vai levar um minutinho — insistiu Aurora. — Temos tantas fitas que combinam com o seu vestido.

Marjory foi convencida a sentar-se e deixar Aurora colocar fitas em seu cabelo. Quando terminaram, Marjory se olhou no espelho da rainha com um sorriso tímido, virando a cabeça para trás e para frente.

— Você tem planos para o festival? — Aurora perguntou.

— Minhas irmãs estão vindo do moinho — disse Marjory, maravilhada. — Vamos jogar todos os jogos e ouvir música. Ouvi dizer que há um contador de histórias maravilhoso que revela como foi ser transformado num gato mágico!

Aurora concluiu que era um bom sinal que o homem não tivesse fugido do reino. Talvez sua madrinha tivesse razão: a experiência lhe ensinara uma lição sem prejudicá-lo em nada.

Aurora *esperava* que fosse esse o caso, pelo menos.

Ainda assim, não foi sem apreensão pelo que ocorreria naquele dia que ela ergueu a coroa dourada de flores e folhas, símbolo de que era rainha de Perceforest e dos Moors, e a colocou no alto da cabeça. Com um último sorriso para Marjory, dirigiu-se para os jardins do palácio.

Músicos tocavam e malabaristas lançavam bolas brilhantes para o alto. Os convidados já haviam chegado. Os cortesãos caminhavam em grupos, com pajens e criadas ao seu lado. Os aldeões passeavam pelo gramado, rindo e apontando para as atrações. Crianças corriam aos bandos, sujando suas melhores roupas. E ela avistou grupos de fadas também. Fadas feitas de musgo e casca de árvore. Fadinhas miúdas e duendes. Homens-raposa, wallerbogs e fadas-ouriço. Os humanos mantinham distância delas, mas todos estavam lá. Todos juntos, recebendo moedas, bolos e taças de sidra dos criados do palácio.

Os cozinheiros já estavam servindo a primeira rodada de guloseimas. Os quitutes — castelos de açúcar, tortas das quais pombas saíam voando e cisnes de merengue que pareciam cuspir fogo de verdade — arrancaram suspiros de surpresa dos espectadores. As crianças, principalmente, muitas das quais nunca haviam provado açúcar antes, nem visto tais guloseimas, estavam em êxtase.

Lady Fiora caminhou até Aurora junto com Lady Sybil. O cabelo preto de Lady Fiora estava preso em uma trança, e ela usava um vestido rosa-claro. Lady Sybil vestia amarelo com fitas combinando e uma rede dourada no cabelo.

— Está esplêndida, Vossa Majestade — exclamou Lady Sybil.

— Assim como vocês — disse Aurora, sorrindo. — Vocês duas.

— Mas não está usando o colar — observou Lady Fiora. — Aquele que meu irmão encomendou para você. Não gostou do presente?

— Achei que usar ferro não seria *apropriado* hoje — disse Aurora com firmeza.

— Ah... — soltou Lady Fiora, mudando de assunto com uma risada nervosa. — Está pronta para o concurso?

Lady Sybil pegou a mão de Aurora.

— Oh, tem de vir logo, Majestade. Todo mundo está tão ansioso.

Aurora olhou para a multidão reunida em torno de um palco e viu Knotgrass voando sobre as pessoas.

— Há muitos competidores?

Lady Sybil deu uma risadinha.

— Já já verá!

Enquanto era puxada por elas, Aurora avistou Lorde Ortolan esperando no palco. As tias também estavam lá. Gritos ressoaram na multidão quando Aurora se aproximou. A rainha sorriu e acenou, e a gritaria ficou ainda mais alta.

Knotgrass zumbiu para ela.

— Oh, Aurora, seus amigos têm tantas boas ideias de charadas!

— Ah, que bom — disse, percebendo que, embora tivesse pedido às tias que organizassem o concurso na esperança de impedi-las de enterrar o festival em flores, não tinha ideia de *como* haviam organizado o concurso.

— Vossa Majestade! — exclamou Lorde Ortolan, falando bem alto para que o público o ouvisse. — Vossos súditos aguardam o concurso de abertura do festival. Uma competição para ganhar sua mão por uma dança, a primeira de hoje!

Aproveitando a pausa, Aurora decidiu se pronunciar, voltando-se para a multidão.

— Obrigada por virem. Espero que todos vocês, meus queridos súditos, bebam, comam e riam juntos.

Outra leva de saudações foi provocada por suas palavras.

Flittle, Knotgrass e Thistlewit começaram a explicar o concurso. Muitos aldeões, cortesãos e fadas esperavam em uma área separada por fitas do resto da multidão, tendo sinalizado sua intenção de competir para dançar com a rainha. De meninos a idosos com bengalas, além de várias pessoas que Aurora suspeitava serem mulheres com os cabelos presos em chapéus e representantes do Povo das Fadas, pelo menos duas dúzias de concorrentes estavam prontos para brincar de adivinhar charadas. Conde Alain estava entre eles, encostado no palco e cochichando com três jovens nobres que Aurora reconhecia da corte. Robin também participaria, provavelmente para representar os Moors. Possivelmente, para confundir Conde Alain.

— Vejo que o Príncipe Phillip não participará — sussurrou Lorde Ortolan para Aurora. — Ouvi um boato de que…

— Sim. Ele se despedirá de nós em breve — ela sussurrou de volta, tentando não deixar transparecer seu incômodo.

— Para a primeira rodada — anunciou Flittle —, vou dizer uma charada e cada um de vocês virá respondê-la. Responda incorretamente e deixará o palco. Responda corretamente e continuará na competição!

Ela entoou a primeira charada:

Vi uma criatura
brilhante e bela.
Sobre o telhado
e na minha janela.
Para o oeste se foi,
e assim se despediu.
Com seu sumiço,
a noite partiu.

Cada competidor foi sussurrar uma resposta para Flittle. Para alguns, ela acenou positivamente com a cabeça. A outros mandou embora. A primeira rodada eliminou pouco menos da metade dos competidores.

— A resposta é a *lua* — revelou Thistlewit triunfante. — Houve murmúrios na plateia, talvez de pessoas que tinham adivinhado corretamente, talvez dos que lamentaram ver algum conhecido sair da competição. — Devo anunciar a próxima charada.

E assim ela fez:

Sou torto, não sou reto
Mas sou útil no conflito.
Solte-me que fico alto,
puxe-me que crio atrito.
Só sirvo quando estou atado
e muito bem acompanhado.

Mais murmúrios espalharam-se pela plateia. Aurora supôs que estivessem sussurrando palpites entre si e esperava que não acabassem falando tão alto a ponto de os competidores conseguirem ouvir.

As palavras da charada ficaram em sua cabeça. Perceforest estivera à beira de uma guerra com os Moors durante a maior parte de sua infância — e, embora ela tivesse ficado de fora disso, muitas daquelas pessoas ali possivelmente não ficaram. E, antes, a situação havia sido ainda pior.

— A resposta é um *arco*, seus espertinhos! — Thistlewit exclamou.

O grupo inicial reduziu-se mais um pouco. Restavam agora o Conde Alain e outro nobre, o Barão Nicholas; três homens aldeões, que se apresentaram como John, Jack e Mark; e Robin, dos Moors.

Aurora sentiu um estranho vazio.

— Que boa ideia — elogiou Lady Sybil, batendo palmas. — Eu conheço excelentes charadas. Será que posso propor uma?

— É claro! — Thistlewit sorriu para a garota, então se dirigiu à plateia. — Agora que reduzimos o número de concorrentes, daremos uma charada diferente a cada um. Eles devem responder corretamente em voz alta ou serão eliminados. Se falharem, a mesma charada será passada ao competidor à sua esquerda.

Robin foi o primeiro.

— Prossiga, Lady Sybil — Thistlewit disse encorajadoramente. Com uma risadinha, ela começou:

Ela bem sabe se defender,
mas morre de tanta beleza

com seu perfume a toda prova.
Continua vivendo na poesia
e de minha cornija faz sua cova.

— Que macabro — disse Lorde Ortolan, assustado.

Mas a multidão pareceu gostar, mostrando-se animada enquanto ela recitava a adivinha.

Robin fez uma reverência e deu um passo à frente para responder.

— Nós, do Povo das Fadas, adoramos uma boa charada. Principalmente uma tão bonita como esta. A resposta é uma rosa.

Ele fez um gesto com a mão, conjurando três rosas azul-claras. Eram maiores do que qualquer uma que Aurora já vira fora dos Moors, incluindo as da cerca-viva criada por Malévola nas fronteiras.

A multidão aplaudiu enquanto ele entregava uma para Thistlewit, uma para Aurora e a última para Lady Sybil, cujo rosto ficou corado.

Robin colocou-se na lateral do palco. O Conde Alain era o próximo competidor a ser testado.

Lady Fiora tocou no ombro de Thistlewit.

— Posso fazer a próxima charada?

— Mas é claro, querida — disse a fadinha.

Aurora sentia-se curiosamente apática. E continuou a observar a multidão, sem ter certeza do que estava procurando. Foi apenas quando Lady Fiora começou a falar que Aurora se deu conta de que era injusto propor uma charada ao próprio irmão.

Uma tecelã com uma trama mortal
que é uma armadilha.
Sua despensa é um banquete vivo
de vítimas mudas.
Tem garras e olhos ativos
Mas vive presa na armadura.

O Conde Alain pareceu pensar por apenas um momento antes de responder:

— Uma aranha.

Aurora lançou um olhar de soslaio para Lady Fiora, mas a garota não pareceu notar. E de que importava com quem Aurora dançaria primeiro? Se fosse com Alain, fazer o quê? Se isso fizesse os outros nobres pensarem que ele tinha mais influência sobre ela, ou que ela o favoreceria, logo descobririam que não era bem assim.

Não passa de um jogo, Aurora pensou consigo. *Um jogo bobo.*

Porém, quando Knotgrass começou a dizer a charada para outro competidor, Lady Sabine subiu ao palco puxando o Príncipe Phillip atrás de si. Aurora sentiu um frio na barriga e seu coração disparou.

— O que ele está fazendo aqui? — Lorde Ortolan sussurrou para ela.

Aurora mostrou-se tão surpresa quanto ele e se virou para ouvir Knotgrass.

Sou um trapaceiro que esconde a verdade
para a alegria dos velhos e das crianças.

Sou o pai dos enigmas e a filha dos poemas.
Solucione-me com o nome desse problema.

O Barão Nicholas, de quem era a vez, olhou confuso para Knotgrass. Conforme os segundos passavam, a multidão começou a zombar. A pele de seu pescoço ficou vermelha, e ele parecia tenso. Então, saiu do palco com raiva.

Depois foi a vez de John. Ele chutou "um bobo da corte", mas não era a resposta, então também teve de aguentar a zombaria. Depois, seguiram-se Jack e Mark, e nenhum dos dois soube responder.

Por um momento, houve silêncio. Então, Phillip falou:

— Uma charada.

Ele foi saudado com aplausos antes mesmo de Knotgrass confirmar que ele estava correto.

Phillip, no entanto, não parecia satisfeito por ter dado a resposta. E não buscou o olhar de Aurora. Na verdade, estava longe de parecer simpático e afável como de costume. Parecia alguém que ela não conhecia.

— Não sabia que você estava neste jogo — disse-lhe Conde Alain, não baixinho o suficiente para que não fosse ouvido.

Phillip deu de ombros com indiferença.

— Nem eu. Mas Lady Sabine insistiu para que eu participasse.

Lady Sabine parecia estar extremamente satisfeita consigo mesma. Sem dúvida, pensara que tinha feito uma boa ação para a rainha.

Aurora não tinha certeza do que sentir. Uma parte de si queria sair correndo do palco, recolher-se sozinha e chorar, mas não tinha certeza do motivo pelo qual estava triste.

Quem choraria porque um belo príncipe, de quem ela gostava, fizera uma declaração de amor?

Só que ela teve medo. E o magoou porque estava amedrontada.

E agora seu melhor amigo estava com raiva dela, e ela era a única culpada.

Com três competidores, o processo de eliminação ficou mais lento. Uma charada após a outra, eles foram respondendo.

E continuaram. Rodada após rodada.

Eu estava lá antes de o mundo começar
E lá estarei quando ele terminar
Você pode me deixar
vazio ou lotado.
Mas não me chamará de volta
quando estiver acabado.

O tempo.

O que a força e o vigor não derrubam,
eu removo com uma simples ação.
Muitos nas ruas ficariam
caso eu não estivesse à mão.

Uma chave.

Sou uma criatura ligeira,
minha cauda levanta poeira.
Faço estoque como a formiga
e no inverno encho a barriga.

Um esquilo.

Robin foi o primeiro a desistir, sorrindo para a rainha de uma maneira que sugeria que ele sabia a resposta, mas que iria ceder seu lugar a Phillip. Aurora suspeitou de que ele só entrara na competição para impedir o Conde Alain de dançar com ela. Atirar uma flecha nos Moors realmente colocara as fadas contra ele.

— Esta pode ser a charada final — disse Flittle, para a alegria do público.

Eles estavam se divertindo com o jogo, e mais ainda agora, com a oportunidade de ver pelo menos um membro da nobreza sendo feito de bobo.

— Eu tenho uma — falou Lady Fiora.

— Não — disse Aurora com firmeza. — Já que é a charada final, eu é quem devo apresentá-la.

Lady Fiora e Conde Alain se entreolharam. Aurora respirou fundo. Não gostava da ideia de abrir o baile com o Conde Alain, já que ele não seria um anfitrião confiável para receber as fadas.

No entanto, dançar com ele seria menos preocupante do que dançar com o Príncipe Phillip.

Mas Phillip fora arrastado ao palco por Lady Sabine. Ele não parecia estar exigindo nada dela após a sua declaração. E era seu amigo. Talvez, se indicasse para ele que podiam continuar amigos, Aurora teria uma chance de se desculpar por seu comportamento após o banquete. Quem sabe eles não pudessem esquecer tudo o que foi dito. A amizade oferecia segurança. Se pudessem voltar a ser como eram antes, estariam seguros também.

— Minha resposta é não, mas significa que sim. Então, qual é a pergunta? — Aurora perguntou ao Príncipe Phillip.

Ele a olhou bem no fundo dos olhos.

— Não sei, Vossa Majestade.

A multidão gritou e o Conde Alain já respondia ansiosamente, mas o barulho parecia vir de muito longe. Aurora não conseguia se concentrar em nada do que estava acontecendo. Tudo o que via era Phillip se afastando dela e saindo do palco.

20

Ao cair da noite, Malévola chegou com seu cortejo de fadas. Estava usando um formidável vestido de veludo preto e seda, com a barra da longa saia esfarrapada. Diaval estava de braços dados com ela, usando veludo preto e prata. Uma argola pendurada em sua orelha balançava para lá e para cá conforme andavam.

O simples fato de entrar no terreno do castelo deu-lhe uma profunda sensação de mal-estar. O lugar fedia a ferro — tanto que, mesmo depois dos esforços de Aurora para removê-lo, Malévola não podia deixar de notar o cheiro com um tremor. Isso trouxe de volta a memória sensorial de sua pele arrepiada, de sua impotência quando estava presa por correntes. Trouxe de volta a dor de perder suas asas. Mas também trouxe de volta a satisfação brutal de ficar frente

MALÉVOLA: O CORAÇÃO DA RAINHA

a frente com o primeiro humano que amara e finalmente encontrar uma maneira de machucá-lo tanto quanto ele a machucara. E isso a fez se lembrar do corpo adormecido de Aurora e da sensação de que a pessoa que ela mais amava poderia nunca mais acordar.

Malévola tentou afastar essas memórias de sua mente. Aurora tinha organizado o festival para unir seus reinos, e Malévola estava determinada a assustar o mínimo possível de humanos.

E tinha de admitir que o festival em si estava muito charmoso.

Havia humanos por toda parte, tanto vestidos com roupas de gala quanto com roupas simples. As mesas do lado de fora do castelo estavam lotadas. Havia terrinas de sopas e pastéis com geleia de sabugueiro em formato de anjos e duendes, luas e torres, lobos e sereias. Havia bolos polvilhados com flocos de ouro e salpicados com flores comestíveis. Havia gelatinas e pudins da cor de joias, moldados em formas incrivelmente altas e ligeiramente instáveis. Havia marzipãs em forma de frutas cobertos com açúcar para brilharem à luz das velas.

E uma profusão de flores — flores *bem conhecidas*. Malévola fez uma careta. Eram obra de Flittle, Thistlewit e Knotgrass, tinha certeza. Aquelas três adoravam tanto as cores de suas asas que as combinavam não apenas com suas roupas, mas com absolutamente tudo o mais. Via até que tinha dado briga: algumas margaridas e peônias mesclavam-se em uma única flor.

Um sorriso malicioso brotou em seus lábios. Não seria nada de mais unificar os enfeites. Ela sacudiu os dedos no ar, enviando faíscas de magia. Ao seu redor, as flores começaram a mudar. As pétalas foram ficando maiores e mais escuras até que enormes rosas negras se espalharam sobre todas as superfícies que antes estavam decoradas com peônias, margaridas e jacintos.

— Muito melhor — disse Malévola com satisfação.

— Oh, sim — disse Diaval. — Nem um pouco ameaçador.

As fadas começaram a explorar o banquete. Malévola viu alguns wallerbogs provando a sopa e foxkins mordiscando pão. Uma minúscula fada-borboleta deu uma enorme mordida num marzipã em forma de ameixa e cuspiu com desgosto quando percebeu que era feito de pasta de amêndoa. Uma mulher-árvore estava fazendo florescer peras douradas em seus braços e as oferecendo aos passantes.

Os humanos pareciam um pouco receosos, mas não totalmente antipáticos. No entanto, esse nervosismo transformava-se em medo absoluto na presença de Malévola. As pessoas se apressavam para abrir caminho quando ela se aproximava.

Então, ela ouviu uma voz familiar.

— Ela era uma bruxa — dizia. — E, com um gesto, eu não era mais eu mesmo. Tinha virado um gato! Isso mesmo, daquele tipo que caça ratos e dorme perto da sua lareira. Abri a boca para protestar, para gritar por socorro, mas o único som que saiu foi um *miaaaaauuuu*.

Uma risada nervosa se seguiu. Algumas crianças pequenas bateram palmas, claramente encantadas com a perspectiva de se tornarem gatos.

Era o contador de histórias que Malévola havia enfeitiçado.

MALÉVOLA: O CORAÇÃO DA RAINHA

Ela caminhou até a multidão, olhando significativamente para ele. Desta vez, não estava usando sua capa. Ele podia vê-la muito bem.

— E foi assim que começou a m-minha aventura — ele gaguejou, o rosto empalidecendo ao ver Malévola. Continuou a história, obviamente abalado: — Corri para o mato. A bruxa me perseguiu, mas não conseguiu descobrir meu esconderijo. Esperei por muito tempo, tremendo o rabo, tentando me acostumar com um corpo que se movia sobre quatro patas, e estava confuso com a quantidade de cheiros ao redor. Felizmente, gatos da vizinhança me encontraram. Conheci um velho malhado que me deu bons conselhos. Ele me mostrou como caçar. Logo eu comecei a ficar feliz quando me deitava ao sol, comendo o que conseguia pegar, bebendo água nos riachos. Até encontrei uma gata para me casar, e logo estávamos esperando nossa primeira ninhada de gatinhos. Minha vida anterior foi ficando para trás, embora eu nunca tenha me acostumado com as pulgas.

— Mas então essa boa senhora, Malévola, a fada, resgatou-me e transformou-me de volta. E aqui está ela, a heroína do momento. Minha senhora, você tem meus agradecimentos! Na verdade, esta história é uma homenagem a você.

Malévola ficou impressionada com a história divertida que ele criou com base em sua experiência de talvez uma semana em forma felina e mal-humorada nos Moors. Ela fez uma reverência para ele e para a multidão.

Depois de vagar um pouco pelo gramado, Diaval comprou uma caneca de uma bebida espumante que elogiava efusivamente quando Malévola avistou o local onde aconteceria o baile.

Pessoas mais bem-vestidas circulavam nas proximidades de uma grande fogueira, perto da qual uma banda entoava melodias. Conforme Malévola foi se aproximando, percebeu que os nobres tinham ainda mais medo dela do que os aldeões, pois recuavam diante de sua presença; as damas, em seus longos vestidos, chegavam a se agarrar umas às outras. Ela tentou sorrir, mas, ao ver suas presas, uma mulher tropeçou e caiu sobre a saia de seu vestido armado. Foram necessários dois lacaios para colocá-la de pé novamente.

Diaval teve de ser transformado em corvo por cinco minutos inteiros para disfarçar o riso. Do outro lado do caminho, Flittle, Thistlewit e Knotgrass voavam sem causar muito alarde, mas, quando uma fada flautista quis se juntar aos músicos, Malévola percebeu que ficaram com medo de que ela envolvesse os convidados numa dança encantada.

E se assim o fizesse?, pensou Malévola, ressentida. Podia ser um pouco desconfortável, mas pelo menos faria todos participarem.

Talvez pudesse até provar que a magia pode ser empregada como diversão.

Enquanto Malévola pensava nisso, a multidão começou a se abrir.

Em seguida, lacaios desenrolaram um tapete. E, na ponta do tapete, estava Aurora com seu vestido azul, a coroa resplandecendo à luz das tochas. Estava mesmo majestosa, pensou a madrinha. E se parecia com a mãe. Tinha os mesmos olhos — olhos que encontraram os de Malévola ao se dirigir para a pista de dança. A garota deu um rápido sorriso, aquele sorriso travesso que tinha desde criança.

Os músicos, incluindo a fada flautista, puseram-se a tocar uma pavana.

E o Conde Alain deu um passo para pegar a mão de Aurora. Ele estava todo de veludo preto, o que destacava a mecha branca em seus cabelos. No peito, exibia um grande broche de ferro cravejado de granadas. Malévola estreitou os olhos, lembrando-se de quando o atirara no chão da floresta. Lamentou não ter uma desculpa para fazer aquilo novamente.

Juntos, começaram os passos solenes da dança, parecendo um casal aos olhos de todos.

Como o sujeito conseguira isso? Malévola observou Lorde Ortolan, desconfiada. E, de fato, ele parecia satisfeito. Mas ficou surpresa ao ver que, atrás dele, Flittle, Thistlewit e Knotgrass pareciam igualmente felizes. Flittle estava batendo palminhas e cochichando para Knotgrass.

Fadinhas estúpidas e intrometidas. O que pensam que estão fazendo?

Diante da multidão, Aurora e Conde Alain puseram-se lado a lado, de mãos dadas. Dobraram os joelhos ligeiramente na direção da plateia e depois voltados um para o outro, de cabeça erguida. Juntos, deram alguns passos, ficaram na ponta dos pés, deram mais alguns passos e ficaram na ponta dos pés novamente. Então, soltando as mãos, cada um deu uma volta no gramado; em seguida, voltaram e uniram as mãos novamente, girando em torno um do outro. A certa altura, Aurora tropeçou e o Conde Alain a amparou habilmente.

Malévola esquadrinhava a multidão. Avistou Phillip, de túnica de veludo azul-escuro, encostado num apoio coberto de flores, olhando Aurora, inconfundivelmente um menino sofrendo de amor.

Ela cruzou o gramado para ficar ao lado dele.

— Veio se vangloriar? — perguntou o rapaz, mal-humorado.

— Posso não gostar de você, mas não sou tola o suficiente para preferir *aquele ali.*

Phillip deu uma risada seca. De perto, parecia um pouco abatido. Embora ostentasse sua elegância principesca de costume, não parecia ter dormido desde a última vez que Malévola o vira, no banquete.

Analisou o jovem.

— O que há de errado com você, príncipe?

— Eu me declarei — ele contou —, e foi exatamente como você disse que seria. Eu fui um idiota.

— Que notícia excelente — celebrou Malévola. — Esta festa está cada vez melhor.

— Pelo menos um de nós está feliz. Não sei se algum dia serei feliz novamente.

Malévola ignorou-o para assistir à dança, observando atentamente. Enquanto Aurora e Conde Alain davam seus passos sincronizados, ela percebeu que a multidão silenciosa pensava que aquele gambá ridículo havia caído nas graças de Aurora.

Finalmente, a música terminou e os parceiros se curvaram ligeiramente. Então os músicos começaram outra peça, desta vez uma galharda animada. A pista se encheu de dançarinos da corte. O povo da cidade assistia, esperando sua vez para participar de uma das quadrilhas.

Embora houvesse damas sem parceiros e o Príncipe Phillip devesse ter conduzido uma delas para a pista, ele não o fez. Sofrendo de amor, retirou-se.

MALÉVOLA: O CORAÇÃO DA RAINHA

Conde Alain pegou a mão de Aurora, puxando-a para si e sussurrou algo em seu ouvido. Mesmo sem estar perto, Malévola notou que a expressão da garota mudou para alarmada. Sem olhar para mais ninguém, Aurora permitiu que Alain a tirasse da pista e a conduzisse ao palácio.

Malévola gostou ainda menos daquilo do que da dança.

— Diaval — sibilou ela —, vamos seguir Aurora.

— Vamos mesmo, senhora? Que diferente das minhas ordens habituais.

Ela fez uma careta para ele, e Diaval sorriu de volta. Era inútil tentar intimidar o homem-corvo ultimamente. Ele a conhecia bem demais.

Juntos, atravessaram a multidão em direção ao palácio. Às vezes, Malévola pensava ter visto um relance do cabelo loiro ou da coroa de Aurora, mas era difícil ter certeza.

Ao entrar no castelo, ficou surpresa ao deparar-se com o Príncipe Phillip já lá dentro, poucos passos adiante e dirigindo-se para as escadas.

— Procurando por alguém? — perguntou Malévola, arqueando uma única sobrancelha elegante.

Ele enrubesceu.

— Vi Aurora sair com o conde. Parecia chateada. E eu não confio em Alain.

— Informarei Aurora de sua preocupação com o bem-estar dela quando a encontrar — Malévola anunciou ao passar por ele.

— Eu mesmo direi a ela — Phillip respondeu. — Conheço o palácio melhor do que você. Não a encontrará sem mim.

— Eu cuido dela desde a infância — Malévola lembrou-lhe.

— Você a amaldiçoou! — ele não se conteve.

Malévola ergueu a mão, apontando um dedo para ele. Suas narinas dilataram-se.

— E estou prestes a amaldiçoar você!

O Príncipe Phillip respirou fundo.

— Deixe-me acompanhá-la — pediu calmamente. — Por favor. Eu a chateei na última vez que estive com ela, e só queria que tudo voltasse a ficar bem entre nós.

Malévola baixou a guarda.

— Muito bem. Venha. Mas só porque não quero perder mais tempo com discussões inúteis.

Com essas palavras, ela pôs-se a subir as escadas, deixando Diaval e o Príncipe Phillip a seguirem.

Eu não confio em Alain, ele havia dito. Malévola também não, mas agora começava a ter medos mais específicos. E se a intenção do conde fosse raptar Aurora?

No topo da escada, havia uma única e minúscula flor branca, do tipo que tinha sido colocada no cabelo da menina. Por um momento, Malévola a segurou em sua palma.

— Os aposentos do Conde Alain são por aqui — disse Phillip. — A terceira porta à esquerda. Mas não consigo imaginar por que ela teria vindo aqui com ele.

Malévola pensou no fuso em que Aurora espetara o dedo uma vez. Pensou em todos os perigos que não podiam ser previstos.

Seguiu pelo corredor, com o Príncipe Phillip e Diaval em seu encalço.

Não se preocupou em verificar se a porta estava trancada, abrindo-a com um passe de mágica. Dentro do cômodo havia soldados, dez deles pelo menos, fortemente armados. Correram em sua direção.

Antes que pudesse reagir, uma rede de ferro despencou do teto bem em cima dela. A dor percorreu seu corpo, junto com uma terrível sensação de impotência. Ela gritou de terror, mas também pela lembrança de outra rede de ferro — uma que sabia ter sido destruída.

Diaval puxou a rede, tentando tirá-la de cima de Malévola. Ela tentou se virar, por mais que o ferro queimasse sua pele. Feridas brilhantes se formavam onde o material a tocava.

— Phillip, corra! — Malévola gritou.

Ele tinha de fugir. Tinha de encontrar Aurora.

Mais soldados subiam as escadas, porém, bloqueando o caminho. Ela reconheceu um deles da caçada. O braço direito do conde.

Phillip e Malévola se entreolharam. Via em sua expressão que ele sabia como estavam encrencados. Mesmo assim, agarrou uma espada que havia na parede. *Você é um tolo*, ela pensou, *mas um tolo corajoso.*

Passando a mão pela trama da rede, segurou o braço de Diaval. Só restava uma coisa que podia fazer, e esperava que tivesse magia suficiente para isso.

— *Num corvo!* — exclamou, lançando um redemoinho de luz dourada cintilante de seus dedos. — Cuide dela. Avise-a!

Um momento depois, Diaval desaparecera e, em seu lugar, havia um pássaro preto, de penas reluzentes. Malévola sentia-se enjoada de tanta exaustão, mas conseguira realizar o feitiço. Ela o transformara. Diaval, o corvo, grasnou e alçou voo pela varanda, desviando de soldados que tentaram agarrá-lo ou atacá-lo.

HOLLY BLACK

Horrorizada, Malévola viu quando uma das lâminas atingiu a ponta de seu corpo e o derrubou no ar.

Mãos ásperas agarraram suas asas ainda em movimento.

Um barulho de metal trouxe seus pensamentos de volta para si. Três soldados duelavam com o Príncipe Phillip. Para a frente e para trás, eles saltavam ao longo do corredor estreito. Ela tentou se livrar da rede com medo renovado.

Mas, então, alguém a agarrou por trás e colocou um pano em seu rosto. Havia um horroroso cheiro doce nele, o mesmo cheiro que emanava da bebida que Stefan lhe dera na pior noite de sua vida. Sentiu-se tonta de pânico. Jogou a cabeça para trás, batendo seus chifres contra o guarda atrás de si. Ambos caíram no chão.

Rastejou para longe dele, arrastando a rede consigo. Mais braços a agarraram por trás, imobilizando-a no chão. O cheiro inebriante de veneno se intensificou e, com ele, veio uma grande tontura.

Ela se sentiu desmaiando. Olhou para Phillip a tempo de ver a lâmina de um soldado perfurar-lhe a lateral do corpo.

21

Pela maior parte de sua vida, Diaval fora um corvo. Costumava viver com um bando de algumas centenas na periferia dos Moors, empoleirando-se em árvores, à caça de comida e voando pelos ares para mostrar sua ousadia.

Fora um bom ladrão. Roubava frutas dos pomares de humanos, minhocas dos bicos de seus irmãos e irmãs e carniça de lobos. Ele se lembrava da emoção disso tudo.

E se lembrava do terror de ser transformado num homem. Um fazendeiro estava prestes a matá-lo. A transformação salvara sua vida, mas ele não sentia mais que sua vida lhe pertencia. Não só tinha uma dívida impossível de pagar para com a fada de chifres retorcidos e olhos gélidos que estava diante dele, como todo o seu ser estava mudado.

MALÉVOLA: O CORAÇÃO DA RAINHA

Odiava ser humano, mas, uma vez transformado, conheceu emoções que nunca experimentara antes — arrependimento e desprezo, ciúme e empatia. E também tinha as palavras, que mudaram o jeito como ele via tudo, incluindo a si mesmo.

Então ela o transformara num cavalo, o que foi desagradável, mas ele não conseguia esquecer o poder daquele corpo. Isso também o mudara. Sua mente era mais simples do que a de um corvo, mais impulsionada pelo instinto. E seu instinto fora o de proteger sua senhora.

Depois, ela o transformara num dragão, que era mais poderoso do que todas as criaturas. Isso despertou nele uma fome ancestral e uma fúria grande o bastante para devorar o mundo — e metade dos seres nele. Desde então, mesmo depois de virar corvo novamente, não conseguia esquecer aquele sentimento. Era como se não coubesse mais em seu próprio corpo.

Mas o que mudara Diaval, acima de tudo, era viver ao lado de Malévola. Aprendera a cuidar dela e de Aurora, a quem adorava desde quando ela era uma passarinha se debatendo fora do ninho. Embora tivesse começado seu serviço por admiração, permanecia ao lado de Malévola porque não havia nenhum outro lugar onde preferisse estar.

Pensava em tudo isso enquanto sentia uma carroça balançar ao seu redor. Fora jogado num saco de estopa, como se fosse uma ave capturada durante uma caçada.

Seu bico era afiado o suficiente para atravessar o pano, então se pôs a tentar fazer isso o esfregando contra o chão. Era um trabalho lento, mas não havia mais nada a se fazer. Não se atreveu a mover as asas para se certificar de que não estavam feridas por medo de que um dos soldados estivesse por perto. Ele tinha de ser paciente.

Por fim, fez um pequeno furo. Passou o bico, abriu a boca e fez um buraco mais largo rasgando o tecido. Conseguiu, então, passar a cabeça. Com mais alguns rasgos e contorções, estaria livre. Diaval viu-se numa carroça coberta — com a parte traseira totalmente aberta. Vários soldados estavam sentados de cada lado, com armas apontadas para dois corpos no chão. A cabeça de ambos estava coberta com um saco, e Malévola estava enrolada em pesadas correntes.

Queria salvá-la, mas o que poderia fazer? Se tentasse bicar os olhos dos guardas, eles provavelmente o prenderiam de novo ou o matariam. E ele não conseguiria cegar mais de dois.

Espero que não falhe comigo.

Bem, ele não pretendia. Encontraria Aurora e, juntos, eles salvariam Malévola.

Com isso em mente, saltou do chão da carroça e torceu para que suas asas não estivessem machucadas e que pudessem carregá-lo pelos ares. E quando percebeu que elas assim o fizeram, sentiu-se triunfante diante dos gritos dos guardas lá embaixo. Eles o veriam novamente e, com sorte, Malévola o transformaria mais uma vez num dragão e eles teriam de fugir do seu fogo.

Voando de volta para o castelo, pensou em como seria perdê-la. Lembrou-se de sua última visão de Malévola, presa na teia de ferro; seus chifres pressionados contra a rede; seus olhos, grandes e brilhantes, ardendo em fúria.

Ele a salvaria. Tinha de salvá-la.

Pela primeira vez, estava disposto a trocar sua própria identidade de corvo para sempre para ser um homem que pudesse falar. Que pudesse lutar. Que pudesse fazer algo mais do que dar voltas no céu, procurando o brilho de uma coroa de ouro e esperando que, de alguma forma, Aurora pudesse entendê-lo.

22

Aurora foi seguindo o Conde Alain, que a conduzia em direção ao palácio antes de desviar abruptamente no meio do caminho. Quando lhe dissera que um aldeão tinha ouvido a família de Simon discutindo com um grupo de fadas, ela o seguira sem questionar.

— Devia ter me contado antes de a dança começar — disse Aurora. — Quem sabe o que pode ter acontecido sem a nossa intervenção?

Ele aceitou a crítica sem responder. E, então, já não havia nada a dizer, porque ela avistou dois grupos gritando um com o outro. Os humanos estavam cara a cara com o Povo das Fadas, ambos os lados parecendo furiosos.

— Só queremos nosso filho de volta! — o pai de Simon gritou na cara de uma árvore-sentinela.

As feições da fada eram aparentemente esculpidas em casca de árvore, e o musgo pendurado ao lado de sua cabeça parecia um corte de cabelo estranho.

— Já dissemos várias vezes que não estamos com o seu filhote — disse uma fada-cogumelo.

— Nós preferimos não lutar — falou o pai de Simon —, mas lutaremos se for preciso. Nós sabemos da sua fraqueza com ferro.

Ouviu-se um assobio das fadas diante desta ameaça.

— E sabemos da sua fraqueza com magia — rebateu uma fadinha de asas verdes e dentes afiados.

Aurora ficou feliz por ter tido a clarividência de proibir armas no festival.

— Ninguém deseja violência de qualquer tipo — interveio o Conde Alain, para surpresa de Aurora.

O grupo se virou para ele e, notando a rainha parada ao lado, curvou-se rapidamente.

— Você está enganado. As fadas não estão com o seu filho — Aurora disse à família de Simon. — Meus próprios soldados me juraram que não há nenhum sinal de que as fadas o tenham levado, mas sim que bandidos devem ter feito isso.

O pai de Simon pareceu surpreso, mas não aparentava estar pronto para acreditar nas palavras da rainha.

— Nós falamos! — disse uma fada-ouriço, franzindo o nariz. — O que íamos querer com uma porcaria de menino humano?

O pai de Simon estava prestes a mostrar sua irritação quando Nanny Stoat chegou. Ela se pôs ao lado de Aurora.

— Ouviram a rainha — disse ela, enxotando-os com as mãos. — Hora de se dispersarem.

— Mas um dos soldados me disse que foram essas fadas — disse o pai de Simon. — Falou que foram elas que levaram meu filho.

— Quem disse isso? — Aurora perguntou.

O pai de Simon olhou ao redor desesperadamente, mas depois pareceu confuso.

— Eu não sei. Ele estava aqui ainda agora.

— Não é verdade — disse Aurora.

A expressão do pai de Simon era obstinada.

— Mas ele disse…

— Isso é jeito de falar com sua soberana? — Nanny Stoat o repreendeu, enfatizando a mensagem ao cutucá-lo na perna com a ponta da bengala que segurava.

O homem se calou, parecendo mais arrependido depois da reprimenda dela do que após ouvir qualquer palavra que Aurora dissera.

Recompondo-se, ergueu os olhos para a rainha.

— Vão me dizer se ouvirem notícias dele, não vão? E não vão parar de procurar?

— Eu não vou parar de procurar — garantiu Aurora, embora, pelo que seu castelão havia lhe contado, não tinha certeza se qualquer novidade seria uma notícia boa.

Depois que o sujeito se afastou, Aurora se virou para Nanny Stoat.

MALÉVOLA: O CORAÇÃO DA RAINHA

— Obrigada. Sem seu apoio, não sei se eles acreditariam em mim tão facilmente — disse. Ela olhou em volta e observou: — Espero que este festival não tenha sido uma bobagem.

— Não — Nanny Stoat respondeu. — Devíamos viver assim, todos juntos. Mesmo brigando. E faz bem ao povo ver sua rainha se divertindo.

Aurora sorriu ao ouvir isso.

— Não sei ao certo o que a corte pensa de mim, muito menos o meu povo.

— Pensam que você é muito jovem e um pouco ingênua — respondeu Nanny Stoat. — E que fica totalmente à vontade com o povo comum. E mais ainda com o Povo das Fadas.

Aurora franziu o nariz.

— Também não tinha certeza de que queria saber.

A velha riu.

— Não sei como fazer com que me escutem como escutam a senhora — disse Aurora com um suspiro.

— Você saberá — assegurou Nanny Stoat. — Agora, isso não significa que os fará mudar de ideia. Você pode ver a beleza da magia, mas outras pessoas sempre continuarão enxergando apenas o poder que ela representa.

Então Nanny Stoat afastou-se apoiando-se em sua bengala. A multidão ainda estava se dispersando. Conde Alain permanecera ao lado de Aurora.

— Obrigada por me trazer até aqui e por saber que eu gostaria de vir — disse ela. — Não achei que você entendesse.

— Por causa do colar?

Aurora pensou na flecha que ele atirara nos Moors e na raiva que viu em seu rosto.

— Entre outros exemplos.

O conde pegou a mão dela.

— Vossa Majestade, eu vivi minha vida inteira enxergando as fadas como monstros. Vê-las de forma diferente não é fácil para mim, mas vossa senhoria me fez querer tentar. Eu deveria ter considerado meu presente para você com mais cuidado, mas, como tal metal é extraído em minhas terras, tenho um apreço especial por ele.

— Fico feliz que esteja tentando — disse Aurora, sorrindo para Conde Alain.

Lembrou-se de como havia pensado que, se pudesse convencê-lo dos benefícios de se aliar ao Povo das Fadas, seria possível convencer também o resto do reino. Desistira depois do colar de presente, mas parecia que tinha conseguido no fim das contas. Deveria estar contente.

Mas era impossível quando ainda precisava se acertar com Phillip.

Ela o vira enquanto dançava com Alain e só por isso não saiu correndo do baile para lhe explicar tudo. Sabia que não deveria ter falado tão duramente com ele depois do banquete nos Moors. Ela lhe devia um pedido de desculpas.

Só que primeiro tinha de encontrá-lo.

Quando voltou para a área do baile, estavam tocando uma música popular e os participantes se moviam para a frente e para trás num amplo círculo, subindo na ponta dos pés e descendo novamente. Phillip não estava entre os dançarinos nem entre os que assistiam. Sua madrinha também não estava em lugar nenhum, mas ainda havia algum tempo antes da cerimônia de assinatura do tratado.

Com o coração apertado, Aurora dançou a gavota, o saltarello e várias outras danças. Seu ânimo diminuía a cada uma das danças, embora um homem-árvore a girasse com tal graça que ela não perdera o equilíbrio. E via que seu plano estava funcionando. Não era a única humana que dançava com uma fada. E nem todos os dançarinos eram nobres. Em sua última dança, ela formou um par com um fazendeiro robusto que claramente não podia acreditar em sua sorte e que a guiou pela pista com autoconfiança.

Quando a música acabou, pediu licença e se retirou. Phillip não havia retornado. Pretendia procurá-lo em outra área do festival, mas, antes que tivesse a chance, Lady Fiora trouxe-lhe uma taça de sidra. Imediatamente, começou a falar sobre os nobres que tinham comparecido e sobre como Aurora estava bonita dançando.

— Eu não devia dizer isso, mas meu irmão não parou de olhar vossa senhoria enquanto dançava — Lady Fiora disse com uma risadinha. — E está lindamente corada. Seus olhos estão tão brilhantes.

— Você viu o Príncipe Phillip? — Aurora perguntou antes de engolir a bebida.

Lady Fiora pareceu surpresa.

— Ora, pensei que ele tivesse ido embora. Para Ulstead.

O coração de Aurora pareceu se retorcer.

— Será que eu disse algo que…

— Com licença.

Aurora correu pelo gramado, para longe da pista de dança, passando por malabaristas, por uma luta improvisada entre uma fada-ouriço e um humano corpulento que parecia surpreendentemente igual em força e agilidade e passando pelo contador de histórias que Malévola enfeitiçara, que agora estava contando a história de um peixe com um anel no estômago. Mas Phillip não estava em lugar nenhum.

Foi difícil para Aurora movimentar-se no meio da multidão sem que alguém a parasse para comentar como tudo estava adorável e quanto estavam gostando da festa, ou para pedir que ela fizesse algo sobre, digamos, as cabras de seus vizinhos que sempre pastavam em sua terra.

Aurora permanecia apenas o tempo de sorrir ou agradecer à pessoa ou dizer que não poderia ajudá-la naquele momento. E, a cada passo, sua sensação de pânico se intensificava.

Avistou Flittle perto de uma grande bacia, onde crianças estavam rindo e procurando maçãs.

— Você viu Phillip, tia?

— Não, minha querida — disse Flittle. — Ele está perdido?

Aurora seguiu em frente, mas, a cada passo, vinha alguém conversar com ela.

— Você viu o que Lorde Donald de Summerhill está vestindo? — fofocou Lady Sybil. — Seu paletó tem mangas tão compridas que estão se arrastando na terra!

— Bela Rainha Aurora, cujo cabelo se assemelha ao trigo dos campos férteis, eu estava fadado a perder o concurso de charadas — disse o Barão Nicholas. — Mas, embora eu tenha perdido a primeira dança, talvez esta seja uma boa oportunidade. Aceita dançar comigo?

— Agora vejo a razão de estabelecer um tratado — disse Balthazar, o homem-árvore. — Antes, não via.

— Que festival maravilhoso — disse Thistlewit. — Venha e coma um pedaço de bolo com sua tia favorita.

O Príncipe Phillip havia partido de Perceforest. E agora ela nunca teria a chance de se despedir.

Ela caiu na grama.

À sua volta, o festival continuava, mas os sons pareciam ficar mais distantes. Ela só conseguia pensar em uma coisa: *amava Phillip*. Exatamente o que mais temia, exatamente aquilo de que pensava estar protegida, havia acontecido.

Ela o procurara em momentos de angústia, procurara-o quando precisava se animar. Rira com ele e lhe contara seus temores e esperanças. Ela o amara o tempo todo, sem saber que era amor. Mas agora o perdera para sempre, por falta de coragem de conhecer o próprio coração.

Um corvo circulou acima de sua cabeça, grasnando para chamar sua atenção. Diaval pousou diante dela, saltando e agitando as asas.

— O que foi? — Aurora o sacudiu, aproximando-se e curvando-se em sua direção. —Aconteceu alguma coisa?

Algumas pessoas olharam para ela, achando muito estranho ver a rainha esperando respostas de um pássaro. Aurora pensou que ele viraria um homem, mas ele não se transformou. Só continuou pulando, chacoalhando-se e grasnando descontroladamente.

Uma onda terrível de pavor a invadiu.

— Balance a cabeça duas vezes se Malévola estiver em perigo — instruiu Aurora.

Diaval balançou a cabeça duas vezes.

— Leve-me até lá. Eu o seguirei.

23

O corvo descrevia círculos no ar, voando em direção aos estábulos e depois voltando, como se para verificar que Aurora estava indo na direção certa. *Estábulos?* Diaval queria que ela cavalgasse? Quão longe do castelo Malévola poderia estar?

— Vossa Majestade — disse Lorde Ortolan, entrando em seu caminho —, há algo errado?

— Sim — ela respondeu distraidamente. — Minha madrinha.

Aurora avistou Nanny Stoat perto de uma das longas mesas onde os aldeões estavam banqueteando. Perto dela estava Hammond, o homem pego caçando furtivamente em sua floresta, e uma garota que ela julgou ser sua filha. A garota tinha mais ou menos o tamanho de Aurora, vestia botas caseiras e resistentes.

— Preciso ajudá-la.

— Agora? — perguntou Lorde Ortolan olhando ao redor, confuso. — Mas é o seu festival. Está dizendo que a assinatura do tratado deve ser adiada? O que aconteceu?

O tratado. Desesperada ao imaginar que Malévola estivesse em perigo, esquecera-se do tratado. Se não o assinassem naquela noite, seria como se alguém tivesse quebrado a paz? Ocorreu-lhe que atrapalhar a assinatura do tratado poderia ser, justamente, o *motivo* pelo qual algo acontecera com Malévola. Tal pensamento só aumentou o seu pavor.

— Com licença — disse Aurora à moça com roupas caseiras, ainda pensando em como Diaval a conduzia aos estábulos. — Estaria disposta a trocar seus trajes pelos meus?

A garota olhou para a rainha, confusa.

— Seus trajes?

— Sim — disse Aurora.

Nanny Stoat cutucou a garota.

— Gretchen, você deve concordar. O vestido dela pagaria boa parte das dívidas da sua família.

— Sim, mas eu não poderia… — Então a garota, Gretchen, fechou a boca e fez uma reverência. — Claro, Vossa Majestade. Sim. Minhas roupas. E obrigada por sua gentileza para com meu pai.

Hammond sorriu e colocou a mão no braço de Gretchen.

— Vossa Majestade, ficaríamos felizes em tirar a roupa do corpo para lhe dar, mas tem certeza de que não prefere usar o seu vestido?

— Não neste momento — disse Aurora. — Nanny Stoat, quero que fique no comando pelo tempo que eu estiver fora.

Lorde Ortolan pigarreou.

— Não pode estar pensando seriamente que...

Mas Aurora o interrompeu antes que ele pudesse terminar.

— Estou. — E tirou a coroa de sua cabeça e a colocou diante da idosa. — Eles a ouvirão. E deveriam mesmo. Diga-lhes que a assinatura do tratado acontecerá, só houve um atraso. Não deixe que se esqueçam de que temos muito em comum.

— Inclusive alguns inimigos em comum — disse Nanny Stoat, olhando para o conselheiro.

Aurora não teve tempo de pensar naquilo. Entrou em uma tenda e trocou de roupa rapidamente com Gretchen.

Quando saíram, Gretchen ainda estava maravilhada com seu sapato de seda bordado. Hammond sorriu ao vê-la vestida de forma tão sofisticada.

— Vossa Majestade — disse Hammond quando Aurora estava prestes a se dirigir aos estábulos —, tem uma coisa... Não tenho certeza se é importante...

Ela parou.

Ele enfiou a mão num saco e tirou uma faca. Então, estendeu para ela.

— Eu encontrei isto.

A faca não parecia muito afiada nem bem-feita. O metal estava opaco. Aurora fez uma cara feia, ficando a cada segundo mais irritada. Armas estavam *terminantemente* proibidas. Mas algo mais a incomodara. Ferro. Era uma faca forjada em ferro frio.

Aquilo era uma afronta. E a pessoa que a trouxera planejava atrapalhar o tratado ou, quem sabe, algo muito pior.

— Ele não está encrencado, está? — Gretchen perguntou, com a mão no braço do pai.

— Claro que não — disse Aurora. — Por que estaria?

— Foi um dos nobres que a deixou cair — disse Hammond. — Mas eu sabia que ele negaria se eu contasse a um guarda.

— Você pode descrevê-lo? — Aurora perguntou.

Hammond franziu a testa.

— Não o rosto dele. Mas era um jovem com cabelos castanho-claros, usando azul. Por um momento, pensei que ele percebera que havia deixado a arma cair, mas, então, continuou andando. Como se talvez estivesse querendo se livrar dela.

Aurora revirou a faca na mão, perguntando-se se isso tinha algo a ver com o desaparecimento de Malévola.

— Estou feliz que tenha me contado.

Em seguida, Aurora foi procurar John Sorridente. O castelão estava sentado a uma mesa comprida, com uma caneca em uma das mãos e uma porção de torta de enguia na outra. Soldados estavam reunidos ao seu redor, contando histórias de batalhas. Eles pararam abruptamente quando Aurora se aproximou.

Ela só tinha tempo para puxá-lo de lado e explicar a situação resumidamente. Ele não gostou da ideia de partir sozinha a cavalo em busca de sua madrinha, e gostou ainda menos da faca, mas acabou concordando com seus planos. Pelo menos aceitou que Nanny Stoat estivesse no comando, e estava relutantemente disposto a cumprir as outras ordens de Aurora.

Lady Fiora estava esperando por ela quando Aurora se afastou dos soldados.

— Todo mundo está procurando... *O que está fazendo com estas roupas?*

Aurora quase riu.

— Receio que devo partir.

— Não, espere — insistiu Lady Fiora. — Fique. Espero que isso não tenha nada a ver com Phillip. Há algo estranho. Meu irmão, ele...

— Não tem relação com Phillip — disse Aurora, interrompendo-a. — E eu realmente, realmente preciso ir.

Aurora conduziu seu cavalo até a estrada de paralelepípedos em frente ao castelo e se preparou para montá-lo.

— Minha senhora — disse uma voz familiar.

Era o Conde Alain, conduzindo seu próprio cavalo dos estábulos. Uma espada fina estava pendurada em sua cintura.

— Que surpresa — disse Aurora, perguntando-se se ele teria vindo intervir em nome de Lorde Ortolan, embora não precisasse de um cavalo para isso. — Acabei de encontrar sua irmã. Que gentil de sua parte se despedir de mim.

— Fiquei sabendo que vossa madrinha sumiu. Vossa Majestade acredita que algo de ruim tenha acontecido com ela.

— Seu corvo vai me levar até ela — disse Aurora —, seja o que for que tiver acontecido.

— Não está pensando em ir sozinha, está?

Ela ergueu o queixo.

— Estou.

— Deixe-me ir junto— disse o conde. — Não importa o que eu pense sobre o Povo das Fadas, eu sei que ninguém deveria se arriscar sem um amigo ao seu lado.

Aurora considerou a oferta. Pensou em tudo que sabia sobre ele, tudo que temia que pudesse ter acontecido com sua madrinha e todos os avisos dela. Mas Aurora já havia mandado Phillip embora. Não tinha coragem de afastar mais ninguém.

— Seria uma grande gentileza de sua parte.

24

Malévola acordou com uma dor pior do que a que a rede de ferro lhe havia causado, pior do que a das correntes de ferro. Seu corpo queimava. Cada respiração escaldava seus pulmões. Seus músculos estavam contraídos e sua cabeça latejava tão fortemente que ela tinha dificuldade de pensar. Estava numa prisão de ferro: chão, paredes e grades, tudo era feito de ferro.

— Malévola? — disse uma voz conhecida, embora vacilante. — É você que está se movendo?

Ela percebeu que estaria ainda mais queimada se alguém não tivesse colocado um pedaço de tecido sob sua bochecha e colocado as suas mãos contra o seu peito, para que não encostassem no chão.

Do outro lado da cela estava o Príncipe Phillip de Ulstead, reclinado contra uma parede de metal. Estava acordado, seus olhos se destacavam na escuridão. Sua mão estava pressionada contra a lateral de seu corpo, onde ela vira uma espada atingi-lo. Devia estar ferido, mas talvez não tanto quanto ela temera.

Um chifre raspou no chão enquanto Malévola se sentava. Certificou-se de que o tecido de seu vestido separasse sua pele do chão de ferro. Parte dela queria se levantar, declarar-se pronta para o que quer que viesse, mas a tontura que sentia apenas por estar na vertical lhe dizia que seria imprudente se esforçar mais.

Se tivesse sua magia… Se tivesse sua magia, faria todos eles pagarem.

— Você está gravemente ferido? — ela perguntou.

Phillip respondeu com um aceno de cabeça e, então, dando-se conta de que ela poderia não ser capaz de vê-lo, disse:

— Acho que não. Tive sorte. Um dos soldados me feriu, mas a lâmina parece não ter atingido nenhum órgão. Cobri a ferida com um pedaço da minha camisa e o sangramento parece ter parado. — Sua voz tinha a animação calma e implacável de que ela não gostava, mas, naquele momento, em face de perigos desconhecidos, foi um alívio. — E você?

— O ferro — ela disse, sem nem se preocupar em fingir estar bem.

A expressão de Phillip era compassiva, seu olhar focando além de seu ombro. Ele não conseguia vê-la, Malévola percebeu. Os olhos humanos não foram feitos para a escuridão.

— Você tem algo que possa servir de arma? — ele perguntou.

— Creio que possamos raspar um dos seus ossos contra o chão até que fique afiado como uma faca.

Arrependeu-se assim que as palavras saíram de sua boca. Não fora uma pergunta irracional. Não deveria ameaçá-lo só porque isso a fazia se sentir um pouco melhor.

Se bem que realmente a fez se sentir um pouco melhor.

Um som veio da porta — um arranhão, depois metal contra metal, como se uma chave estivesse girando na fechadura. Ao longe, ouviu um grito que parecia de um menino.

Então a porta se abriu e a luz inundou o cômodo.

Phillip recuou, fechando os olhos e erguendo o braço para protegê-los.

Os olhos de Malévola se ajustaram perfeitamente bem, então conseguiu ver Lorde Ortolan entrar na cela com dois guardas segurando tochas.

Malévola mostrou suas presas, um silvo subindo por sua garganta. Julgara que o conselheiro de Aurora era inofensivo: um escriba decadente, um velho que desejava retornar à glória do reinado de Stefan, o que era tão inútil quanto querer retornar à glória de sua própria juventude. Via-o como uma pedra no sapato, nada mais.

Que irritante é estar errada.

— Sua surpresa me agrada como tão poucas coisas atualmente — disse Lorde Ortolan.

— O que pensa que está fazendo, prendendo-me em uma gaiola? — questionou Malévola. — Espera manter Aurora longe de minha influência perversa? Ela não vai agradecê-lo por isso. Na verdade, aposto que ela fará um suplício da pouca vida que lhe resta, se eu não o fizer primeiro.

— Quer fazer uma aposta? — propôs Lorde Ortolan. — Porque eu apostaria que tenho mais tempo de sobra do que você e o príncipe.

— O que quer dizer? — Phillip perguntou.

— Com vocês dois convenientemente removidos do palácio, nossa pequena Aurora vai se casar com Conde Alain. E, quando ele for o rei, acabará essa palhaçada. Ele travará uma nova guerra contra os Moors. Mais uma vez, haverá uma alta demanda de ferro, e o mundo continuará como deveria ser.

— Minas de ferro — disse Phillip. — Isso mesmo. Alain tem aquela terra cheia de ferro. Não é de se admirar que ele não queira paz.

— Mas o que você quer, conselheiro? O que ganhará nos entregando a ele? — Malévola perguntou

Lorde Ortolan bufou.

— Não se engane. Este plano é meu, e Alain não passa de um joguete em minhas mãos. Podia ter sido qualquer uma das famílias nobres que trabalharam em aliança comigo na época do Rei Stefan e da Rainha Leila. O que pretendo é fazer o que sempre fiz: ganhar a minha parte do comércio e dos impostos. E, quando meu tempo acabar, passarei meu cargo a um sobrinho que preparei para isso. O ouro é sempre mais poderoso do que o ferro.

— Que entediante — escarneceu Malévola. — E que ingênuo. Duvido que o orgulhoso Alain vá querer por perto alguém que saberá o que ele realmente fez para chegar ao trono. Afinal, não é uma história tão heroica quanto assassinar um monstro dos Moors.

— Ela fez uma pausa, refletindo. — E, claro, isso tudo presumindo que Aurora o aceitará.

— Ela já foi uma garota dócil e obediente — disse Lorde Ortolan, sem muita segurança. — E será novamente, depois da tragédia que está por vir. Seu querido Príncipe Phillip raptou sua madrinha e a assassinou. Terrível, não? E eu me certifiquei de que haverá provas para confirmar. Mesmo assim, ele pode tentar convencê-la de sua inocência. Infelizmente, será morto pelos guardas reais antes que a rainha possa interrogá-lo. E, uma vez que você não estará mais aqui, ela deixará de se preocupar tanto com os Moors. Será uma esposa adorável, especialmente quando tiver filhos para distraí-la. Ela não é nada parecida com você.

Malévola abriu seu sorriso mais ameaçador, mostrando suas presas.

— Oh, isso é verdade. Aurora não é nada parecida comigo. Mas, se há uma coisa que eu sei, é que é muito tolo da parte dos ímpios não ter medo do bem. Eu, por exemplo, acho a bondade muito alarmante. E, ao contrário do senhor, Sir Ortolan, e de mim, Aurora é muito, muito bondosa.

25

O luar permitiu que Aurora e Conde Alain cavalgassem até o amanhecer pelas estradas que partiam do castelo. E então cavalgaram durante o dia, Diaval os sobrevoava, desesperado. Ao anoitecer, o corvo pousou nas costas do cavalo de Aurora e ficou ali por algum tempo antes de se empoleirar em seu ombro, com as penas pretas tremulando ao vento.

Ele os conduziu para o Oeste, e logo saíram do brejo úmido ao redor dos Moors e adentraram as vastas florestas de pinheiros. À medida que o sol se punha sobre estradas agora desconhecidas, ficava mais difícil identificar o caminho, e a exaustão começou a dominá-los.

— Já estamos perto? — Aurora perguntou a Diaval.

Embora fizessem alguns intervalos para deixar os cavalos beberem água e pastarem, ela tinha certeza de que eles também haviam chegado ao limite.

— Solte um grasnado se ainda faltar muito.

O corvo ficou em silêncio, fazendo Aurora piscar para se manter acordada.

— Devíamos parar e acampar durante a noite — disse o conde. — Seja o que for que tivermos de enfrentar, precisaremos estar descansados.

— Vamos só um pouco mais adiante — ela insistiu.

A lua estava brilhante o suficiente para iluminar o caminho, Aurora pensou. Os cavalos seguiram adiante.

— Você está muito determinada — disse o Conde Alain. — A maioria das garotas não estaria tão ansiosa para salvar a assassina de seu pai.

— Você não estava lá — disse Aurora. — Não compreende. Malévola tentou salvá-lo, mas era impossível. Ele a amava, mas o amor virou ódio, e do mais maligno possível porque era justamente alimentado pelo amor. Ele cortou as asas dela. Pode imaginar fazer algo assim com a pessoa amada?

Conde Alain a encarou com uma estranha expressão.

— A ambição leva as pessoas a fazerem muitas coisas.

— O Rei Stefan, meu pai, pendurou as asas em seus aposentos, como um troféu macabro. Ele falava com elas, como se estivesse falando com Malévola, ou consigo mesmo, não sei dizer. Os criados que me contaram. Eu acho que ter traído a pessoa que ele mais amava o deixou louco.

Conde Alain não parecia tão certo disso.

— O poder do feitiço das fadas é grande.

— Não. Não acredito que ele estivesse enfeitiçado — disse Aurora. — Eu o vi torturá-la. Stefan se tornou o monstro que dizia que Malévola era. E, ainda assim, ela não o teria matado. Não importa em que as pessoas acreditam, eu sei quem Malévola realmente é.

Alain estava quieto, conduzindo o cavalo.

— Ela é bondosa — prosseguiu Aurora. — Mais do que bondosa. Ela me amou, apesar de eu ser filha de Stefan. Eu não sei o que eu teria me tornado sem esse amor.

— O que quer dizer?

— Talvez eu cometesse os mesmos erros que meu pai cometeu. O amor nos ensina a amar.

O conde ficou em silêncio por um longo momento, como se refletisse sobre o que ouvira.

— Entretanto, nessa história, o amor não trouxe a ela muito mais do que tristeza.

Aurora franziu o cenho.

— Você está certo. Mas isso foi culpa dele, não dela. Como Malévola poderia saber? Ela não fez nada de errado.

De repente, o corvo saltou de seu ombro para o céu, grasnando.

Os pinheiros estavam mais esparsos e uma estrada velha cortava o terreno.

— O que foi, Diaval? Chegamos?

Olhando ao redor, Aurora não viu nem ouviu nada incomum.

O corvo grunhiu, pousando e bicando a terra.

Aurora desceu do cavalo e caminhou até o local onde Diaval estava. O corvo grasnou de novo, arranhando o chão com as garras.

— Onde ela está? Não entendo! Ai, Diaval, se você pudesse voltar a ser um homem para me falar.

Isso só fez o corvo pular mais freneticamente.

Conde Alain deu um grande suspiro.

— Nós seguimos este pássaro por uma noite e um dia. Receio que não saiba onde a mestra dele está.

— Sabe, sim — disse Aurora com segurança. — Mas talvez não consiga nos dizer.

— Bom, então não tem muita utilidade — disse Alain, saltando do cavalo.

Aurora foi até o local, então pisou forte com sua bota.

— Olá! — gritou. — Tem alguém aí?

Ouviu-se apenas o silêncio.

— Talvez consigamos ver algo pela manhã. Vamos montar acampamento — sugeriu o conde mais uma vez. — Vou fazer uma fogueira. Havia um riacho não muito longe daqui para os cavalos beberem água. E podemos comer e descansar um pouco.

Aurora queria continuar procurando, mas não tinha ideia de como fazer isso. Talvez Alain estivesse certo. Talvez tudo fizesse mais sentido pela manhã. Isso com frequência acontecia.

— Vou recolher um pouco de lenha — disse Aurora, aliviada por caminhar depois de cavalgar durante tanto tempo.

Era uma tarefa familiar, que ela realizava com frequência quando criança. Ao longo do caminho, encontrou alguns cogumelos.

Mas, conforme enchia os bolsos do vestido que tomara emprestado, lembrou-se dos cogumelos que comera com o Príncipe Phillip no banquete nos Moors.

Eu amo você. Amo a sua risada e amo como você vê o melhor em todos. Amo que você seja tão corajosa e bondosa e que se importe mais com a verdade e com o que é certo do que com o que os outros pensam...

Se ao menos tivesse dito algo antes de Phillip partir...

Quando Malévola fosse encontrada, Aurora escreveria para ele em Ulstead. Ou talvez organizasse uma visita oficial. Encontraria uma desculpa para vê-lo. E, então, confessaria que o amava. E que teve medo.

E, aí, poderia ter alguma esperança.

A última vez que tinha visto Phillip, ele estava falando com sua madrinha. Tinha sido durante sua dança com Alain, e Aurora poderia jurar que notara um sorrisinho nos lábios de sua madrinha.

Aurora parou abruptamente na floresta, relembrando o acontecido novamente, agora com um novo significado.

Phillip fora a última pessoa a ver sua madrinha?

Ele sabia algo sobre o desaparecimento dela? Será que tinha sido levado também?

Com passos vacilantes, voltou para a clareira. Conde Alain já havia acendido uma pequena chama. Despejou a lenha que havia recolhido.

Diaval não estava perto do fogo, nem dando voltas no céu. Diaval não estava em lugar nenhum.

— Você viu o corvo? — Aurora perguntou.

O Conde Alain encolheu os ombros com indiferença.

— Deve ter ido procurar carniça. Ou minhocas. Ou o que quer que corvos comam.

Aproximando-se da fogueira, pegou um graveto e começou a espetar os cogumelos nele. Não eram muitos, mas pelo menos forrariam seu estômago.

— Quer um pouco? — ela ofereceu.

Conde Alain sorriu.

— Podemos fazer melhor do que isso — ele disse, levantando-se.

Dos alforjes de seu cavalo, tirou uma torta de faisão, uma garrafa de vinho e um grosso pedaço de queijo.

— Oh! — ela exclamou. — Como pensou em se abastecer tão bem? Não tinha como saber que estava prestes a fazer uma viagem.

Ele pareceu surpreso com a pergunta, então riu.

— Sim, bem observado! Não, eu não sabia que estaria me aventurando aqui com você, mas felizmente achei que poderia cavalgar até a minha propriedade. Como disse antes, esperava convencê-la a fazer uma visita. Pensei em voltar e preparar meu povo para sua possível chegada.

Aurora franziu o cenho, sem saber o que pensar. Ainda assim, estava feliz por comer bem. Logo o fogo estava crepitando alegremente e ela estava enrolada em um cobertor, com o estômago cheio.

— Foi gentil de sua parte vir comigo — disse ao Conde Alain. — Especialmente porque sei que não gosta muito da minha madrinha.

— Gosto dela tanto quanto ela gosta de mim.

— Acha que o Príncipe Phillip pode estar com ela? — Aurora

perguntou. — Ele também não era a pessoa favorita dela, mas eu os vi juntos quando estávamos dançando. Ele pode ter sido a última pessoa a vê-la antes que Malévola desaparecesse.

Foi a vez de Alain franzir o cenho.

— Phillip?

— Sua irmã me disse que ele tinha voltado para Ulstead, mas e se ele só tivesse a intenção de partir? Se Malévola tiver sido sequestrada enquanto estava com ele, ele pode ter sido levado também.

Conde Alain pensou um pouco a respeito.

— Você pode estar certa em relação a Phillip. Mas temo que ele seja não ser o objeto do crime, mas sim seu arquiteto.

— O que quer dizer?

— Bem, cerca de meia hora depois que você e eu nos separamos, eu vi Phillip caminhando em direção à sua madrinha, e ele tinha uma expressão que não tenho certeza se posso descrever. Um propósito sombrio, talvez. E havia algo em sua mão. Algum tipo de metal opaco. Se foi ele que raptou Malévola, isso explicaria o desaparecimento simultâneo dos dois. E daria a Ulstead poder sobre Perceforest.

Aurora o ouviu com horror, pensando na lâmina de ferro frio que tinha sido encontrada. Decerto não pertencia a Phillip. Decerto ele nunca faria algo tão horrível.

Mas não fora o que Malévola pensara um dia sobre Stefan? Não era o que havia de tão perigoso no amor: deixar uma pessoa vulnerável à traição?

Conde Alain prosseguiu:

— Se isso for verdade, ele deve ter ido para a fronteira entre suas terras e as dele. Talvez este lugar seja onde o corvo perdeu o rastro. É possível que Phillip tenha feito algo para nos despistar.

Aurora estava tentando pensar em uma razão para que isso não pudesse ser verdade.

— Mas Phillip...

— Sempre pareceu tão gentil? — disse Conde Alain, com um ligeiro desdém na voz. — Eu já ouvi histórias sobre Ulstead. Se você acha que seu povo tem um pé atrás com as fadas, lá elas são *odiadas*...

Em Ulstead, as histórias sobre as fadas são ainda piores do que as que circulam por aqui, e não há fadas para contradizê-las. Foram essas as palavras de Phillip. E se ele também acreditasse nessas histórias?

Aurora se lembrou da noite em que encontrara Phillip nos Moors.

Eu queria falar com você, ele lhe dissera. Mas e se tivesse ido lá sem esperar encontrá-la? E se tivesse ido por um motivo mais sinistro?

E se tivesse passado o banquete inteiro pensando em como odiava as fadas com quem estava jantando?

E se a rejeição de Aurora tivesse sido a gota d'água?

Relutantemente, pensou no aviso de Lorde Ortolan.

Já deve ter notado que o Príncipe Phillip está sempre ao seu lado. Eu acredito que ele esteja aqui para conquistar as suas terras e anexá-las a Ulstead por meio de um casamento. Tenha cuidado com ele.

— Vejo que a aborreci — disse o Conde Alain.

Aurora pegou um pedaço de queijo e não disse nada.

— Não estamos tão longe das minhas terras. Podemos seguir para lá pela manhã. Colocarei meus soldados à sua disposição. Se Phillip estiver com Malévola, nós a salvaremos. E, se tiver de declarar guerra contra Ulstead, seu reino a apoiará.

Aurora lembrou-se do momento em que descobrira as asas de Malévola presas na câmara do Rei Stefan, batendo contra sua gaiola como se fossem seres vivos, independentes de Malévola. Ficou tão apavorada ao olhar para elas.

Antes disso, Aurora nunca tinha entendido como o grande mal realmente era. Mas parecia com correntes de ferro frio. Parecia com o Rei Stefan arrastando Malévola pela sala, com a única intenção de causar-lhe mais dor. Parecia um desejo de destruição maior até que um desejo por poder ou orgulho.

Tentou imaginar aquela expressão no rosto de Phillip e estremeceu. Fora Aurora quem pedira a Malévola que confiasse nos humanos novamente. Se Malévola não lhe amasse tanto, estaria segura agora.

Talvez o verdadeiro amor fosse uma arma, não importa quem fosse o objeto dele.

— Salvarei minha madrinha — disse ao Conde Alain. — Não importa quem eu tenha de enfrentar.

— Eu sei que vai — disse ele, pegando a mão dela e olhando profundamente em seus olhos.

26

Quando Lady Fiora era uma garotinha, seu irmão mais velho, Alain, era tudo para ela. A mãe deles era nervosa e achava crianças enérgicas e cansativas demais, exceto em pequenas doses. O pai mal ficava em casa, pois ia sempre ao palácio a serviço do Rei Henry e, depois, do Rei Stefan. E a babá e tutora de Fiora frequentemente se exasperava com suas travessuras e falta de atenção. Foi Alain que a ensinou a cavalgar, que brincava com ela, zombava dela e a fazia rir. Em troca, Fiora o idolatrava.

Após a morte de seus pais, ela implorou e implorou até que ele finalmente a levasse para a corte. Lá, tentava promover os interesses do irmão. Não era difícil. A maioria dos nobres já o admirava, o que parecia perfeitamente correto. Para Lady Fiora, era natural que todos adorassem Alain como ela o adorava. Quando ele passou a se dedicar à conquista da mão da rainha, pareceu-lhe correto também. É claro que ele seria o melhor rei possível de Perceforest. É claro que Aurora o amaria.

Então, quando Alain pediu que Fiora fizesse certas coisas, ela não se importou. Soltar um comentário maldoso sobre o Príncipe Phillip no ouvido de Aurora durante o passeio pela floresta, por exemplo. Ou desculpar-se pelo irmão. Ou encorajar Aurora a escolher Alain para sua primeira dança. Estava apenas ajudando o par a perceber que eram perfeitos um para o outro.

E, assim, ela esperava alegrar o irmão. Porque, apesar de tê-la levado à corte e de às vezes lhe pedir para interceder por ele junto a outros nobres, agora ele a ignorava na maior parte do tempo. Tornara-se irritadiço. Fechava-se com o velho Lorde Ortolan por horas a fio e era grosseiro caso fosse interrompido. E, quando não estava com o lorde, preferia ficar sozinho. Se o via ocupado até tarde da noite e perguntava o que estava fazendo, as respostas eram vagas.

Talvez esteja desesperadamente apaixonado por Aurora, ela pensava. E, assim, redobrava os esforços para uni-los.

Mas, no festival, o humor de Alain mudou de ruim para pior. Exigira que ela dissesse a Aurora que o Príncipe Phillip havia partido para Ulstead. Agarrou-a com força pelo punho e olhou em seus olhos de um jeito assustador. Obviamente, parecia importante, então ela obedeceu.

Assim que as palavras saíram de seus lábios e ela viu a expressão de Aurora, arrependeu-se de tê-las dito. *Bem*, raciocinou, tentando se convencer de que tinha feito a coisa certa. *Aurora gostava dele. Eles eram próximos. Deve ser doloroso descobrir que ele foi embora, mas alguém tinha de lhe contar. E agora o caminho está livre para ela amar meu irmão.*

Ainda assim, enquanto Aurora se afastava, Fiora não pôde deixar de lembrar como os dedos de Alain se cravaram em sua pele e o desespero em seus olhos. Pensar nisso era desconfortável.

Com o coração batendo rápido, Lady Fiora entrou no palácio e subiu as escadas até os aposentos do Príncipe Phillip. *Só quero ver com meus próprios olhos que ele partiu*, pensou, recusando-se a refletir sobre o motivo da dúvida.

E, de verdade, esperava que os aposentos estivessem vazios. Espiou quando um criado abriu a porta do quarto do Príncipe Phillip. Para seu horror, viu o baú ainda repousando em um canto. Os livros estavam empilhados em sua mesa, ao lado de uma carta escrita pela metade. Havia uma espada apoiada sobre uma cômoda. Se Phillip partira, por que deixara todos os seus pertences para trás?

Fiora tentou pensar em alguma explicação. Sabia que devia dizer algo a Aurora, mas o quê? Não podia falar nada contra o seu amado irmão.

Simplesmente não podia.

Então, tentou impedir Aurora de partir. Mas, como isso não funcionou, e Alain partiu a cavalo com ela, a culpa de Fiora aumentou.

Tinha dado tudo errado, e ela não sabia como consertar.

Naquela noite, Lady Fiora usou sua chave para entrar nos aposentos do irmão. O batente da porta estava marcado com um corte novo na madeira. Ela passou os dedos sobre ele. Do lado de dentro, viu uma mancha de sangue no canto de um tapete.

Sabia que ele não tinha se machucado, porque o vira logo antes de ele partir. Mas se não era ele quem poderia estar ferido...

Horrorizada, foi até a mesa dele, na esperança de encontrar respostas. No topo, havia uma travessa de prata com o brasão real, cheia de canetas-tinteiro e blocos de cera. Eram apenas correspondências triviais e burocráticas. O armário e a mesa de cabeceira estavam igualmente organizados. Já estava saindo quando percebeu que uma das pinturas perto da cama estava torta.

Fiora se aproximou para endireitá-la quando um pensamento lhe ocorreu.

Retirou a pintura da parede e a virou, colocando-a na cama.

E, ali, presa atrás da moldura, estava uma pilha de correspondências com Lorde Ortolan.

Ao pegar a primeira das cartas, sua respiração parou.

Se Stefan não tivesse alegado ter matado Malévola, seu pai teria sido nomeado herdeiro do trono do Rei Henry. Lembre-se disso quando matá-la. E, se o garoto for atrás, mate-o também.

27

Naquela noite, deitada perto do fogo envolta em sua capa, Aurora ouvia o estalar dos gravetos e se revirava no chão duro. Com o desaparecimento de sua madrinha e o envolvimento de Phillip na situação, dormir era ainda mais impossível do que nunca. Mas já estava acordada há muito tempo, e seu corpo sabia disso. Suas pálpebras foram caindo até se fecharem.

Aurora sonhou que estava vagando pela floresta. O amanhecer tingia o horizonte de dourado e uma leve geada cobria as plantas verdejantes.

Continuou caminhando, esmagando com seus passos as folhas congeladas. Chegou ao lugar onde Diaval havia pousado na noite anterior. Agora a área estava coberta de corvos.

Aurora se aproximou. A quietude da floresta a fazia tentar ser silenciosa também.

Dezenas e dezenas de pássaros crocitaram quando ela se aproximou. E, sob as penas pretas brilhantes, viu uma mão pálida saindo da terra recém-revolvida.

Aurora correu adiante.

— Madrinha! — gritou.

Os corvos alçaram voo imediatamente, com grande pressa. Aurora caiu de joelhos. Um corpo fora enterrado superficialmente no solo. Freneticamente, espanou a terra.

Mas não foi sua madrinha que ela encontrou.

O Príncipe Phillip estava deitado rigidamente, não esparramado como se faz durante um repouso natural. O rosto estava voltado para cima e frio ao toque. Sua pele era de um branco azulado de leite desnatado, especialmente ao redor dos olhos e da boca. Os cachos castanhos ainda brilhavam, mesmo cobertos de terra. A luz do sol refletia em seus cílios, transformando-os em ouro. No entanto, ele permanecia imóvel como um túmulo.

— Acorde — sussurrou. E, então, gritou: — Acorde!

Ao seu grito, os corvos começaram a crocitar nas árvores acima.

— Fiquem quietos — ralhou com eles.

Ela sabia que aquele não era um sono encantado. Era a morte.

Inclinou-se sobre ele. Uma mecha de seu cabelo caiu sobre a bochecha e o pescoço do príncipe. Se estivesse vivo, poderia ter feito cócegas nele.

Respirando rapidamente, roçou a boca contra seus lábios frios e macios.

Então, sentando-se, ela se preparou para dar uma última olhada em Phillip. Porém, quando olhou para baixo, ele já não tinha a mesma aparência de antes. Seus lábios não estavam mais azulados, mas rosados como o interior de uma concha. E, enquanto Aurora o observava, sua pele adquiriu um tom quente.

Então, o impossível aconteceu: os olhos de Phillip se abriram e ele respirou fundo.

— Aurora — disse, agarrando o ombro dela com força suficiente para machucar —, corra. Ele está bem atrás de você. *Corra!*

28

Nenhuma tocha iluminava a prisão. Nenhuma lamparina cintilava. Nenhuma janela mostrava as estrelas. Phillip nem sabia se amanhecera. Era difícil fazer cálculos na escuridão completa. Em vez disso, ele se sentou contra a parede de metal frio e tentou pensar.

Sua ferida ainda doía, mas agora era uma dor chata, não ardia mais como durante a cavalgada, quando sua cabeça estava coberta e as mãos, amarradas. Naquele momento, sabia que ainda estava sangrando, mas não ao certo de quanto, apenas sentia a umidade pelo jeito como sua camisa estava grudada na pele. Perdia e recobrava a consciência, principalmente por causa do choque. Até o breve momento em que o saco foi arrancado de sua cabeça na prisão e viu com horror Malévola esparramada no chão de ferro, a pele queimando como se ela fosse um pedaço de carne jogado em uma frigideira quente.

Logo depois, as tochas se apagaram e Phillip mergulhara na noite sem fim. Mordeu as cordas que prendiam suas mãos até se libertar, depois rastejou até Malévola. Tirou o gibão e apoiou a cabeça dela sobre ele, usando uma tira do forro para atar o próprio ferimento. Depois pôs-se a contar até dez e vinte e cem, para tentar acalmar o coração acelerado e conseguir se concentrar.

Agora que Malévola estava acordada, sentia-se um pouco mais calmo. Ainda assim, novos problemas apareceram. Phillip temia que seriam mortos em breve, mas algo havia impedido os captores. Agora suspeitava que Lorde Ortolan estava apenas esperando Conde Alain. Talvez o lorde não quisesse cumprir a tarefa sozinho. Assim, o conde não poderia incriminá-lo junto com Phillip.

Nem ele nem Malévola tinham muito tempo. Alain podia chegar a qualquer momento.

O plano de Lorde Ortolan era notavelmente bom por ser tão simples. Mesmo que Aurora suspeitasse de que a história era falsa, não haveria como provar a verdade uma vez que ele e Malévola estivessem mortos.

E cada instante na prisão de ferro enfraquecia ainda mais a fada, ele sabia disso. Notou que, logo após a partida de Lorde Ortolan, quando o último soldado saíra marchando com ele, ela tombou para a frente. Deve ter custado muito para ela se controlar daquele jeito, comportando-se como se nada a afetasse.

— Está se sentindo muito mal? — perguntou suavemente.

— Estou bem o bastante, príncipe. — Sua voz estava tensa, como se estivesse falando com os dentes cerrados. — Ou ficarei bem, assim que estivermos livres.

— Você é um pouco assustadora.

— Só um pouco? — Havia um certo divertimento em sua voz.

— Quando eu era criança, vi uma fada... Ou, pelo menos, pensei que tinha visto. Era uma coisinha pequena, pequena o suficiente para montar nas costas de um pássaro. E eu acreditava que, se a capturasse, ela me concederia um desejo.

— Por que ela faria isso? — disse Malévola, irritada.

— Minha babá me contava histórias sobre fadas que realizavam desejos. Eu não consegui pegar a fada, claro. Mas ninguém acreditou que eu a tivesse visto. Minha mãe me mandou parar de contar mentiras.

Malévola ficou em silêncio. Phillip continuou:

— Minha babá disse que, se fosse mesmo uma fada, poderia ter me mordido ou me enfeitiçado. — Ele soltou um suspiro longo e pesado. — E que, se algum dia eu realmente capturasse uma, devia matá-la. Então, preferi acreditar que tinha sonhado.

— Se está imaginando que eu posso nos livrar disso com a imaginação, filho de rei, você está muito enganado.

— Quando vi Aurora pela primeira vez, pensei que ela fosse uma de vocês... Uma das fadas das lendas. Ela parecia ser a resposta para o meu desejo. Como um sonho. Acho que me apaixonei por ela instantaneamente.

Malévola bufou.

— Tem razão. Era uma paixonite. E é isso que você vê quando olha para mim, mas faz meses que moro no palácio. Estive ao lado de Aurora durante todo esse tempo. Vi sua bondade. Fiz-lhe companhia no jardim quando ela não conseguia dormir à noite, por medo de não querer acordar.

Ao ouvir isso, Malévola emitiu um gemido suave.

— Eu a amo. E você não precisa acreditar em mim, mas vou lhe provar, assim que conseguir tirar nós dois daqui e salvar Aurora.

— Talvez você não seja um pretendente tão repulsivo para Aurora quanto eu pensava que fosse — Malévola disse fracamente. — Mas gostarei ainda mais de você se conseguir cumprir essa promessa.

Phillip fizera a promessa impulsivamente e tinha absoluta intenção de cumpri-la, mas isso não era o mesmo que ter um plano. Só conseguia pensar em coisas que Malévola seria capaz de fazer caso não estivesse cercada por ferro, como entortar as grades ou talvez transformá-lo numa formiga, assim como havia transformado Diaval num dragão. Assim ele poderia sair da cela, pegar as chaves e libertá-la.

Quanto mais pensava e pensava, sem ter uma única ideia útil, mais se sentia o jovem inexperiente que negava ser.

Mas então, finalmente, teve uma ideia.

Podia apostar que, assim como Malévola tinha uma ideia preconcebida a seu respeito, não seria diferente com os guardas. Tinham ouvido Lorde Ortolan chamá-lo de príncipe. Então se comportaria como um.

— Ei! — gritou. — Guardas! Olá!

— O que está fazendo? — Malévola sibilou.

— Estou com frio e fome — informou, erguendo a voz o suficiente para ser ouvido fora da cela —, e não estou acostumado a essas adversidades.

Depois de alguns minutos com Phillip gritando o mais alto que podia, um guarda entrou carregando uma tocha.

Por um momento, a luz tão brilhante foi dolorosa para os olhos do Príncipe Phillip. Piscou até se acostumar. Mas agora podia ver o lugar em que estavam. E podia ver um segundo guarda que entrou após o primeiro, com um molho de chaves de ferro pendurado no cinto — as mesmas chaves de ferro que notara quando Lorde Ortolan estava fazendo seu discurso.

— Que gritaria é essa? — perguntou o guarda com a tocha.

— Precisamos de água, comida e cobertores — Phillip declarou com sua melhor imitação de príncipe petulante.

Os guardas riram.

— Ah, é mesmo, Vossa Alteza? Está pensando que somos criados a seu serviço?

— Estou pensando que seu senhor preferirá que Ulstead faça o pagamento do resgate em vez de ter que enfrentar uma guerra pelo meu desaparecimento do reino dos Moors. — Os guardas se entreolharam. *Não*, Phillip pensou. Depois de ver aquele olhar e ouvir as palavras de Lorde Ortolan, teve certeza de que eles sabiam que o plano nunca havia sido deixá-lo voltar para casa. — Vocês não esperam que eu acredite nessa historinha ridícula de assassinato. Ninguém gostaria de começar um reinado convidando o vizinho à guerra.

— Você provavelmente está certo — concordou um dos guardas.

— Além disso — continuou Phillip —, até mesmo um homem condenado recebe uma última refeição. Caso o seu mestre realmente queira colocar um ponto final em minha vida, não posso acreditar que o faria sem me alimentar decentemente.

Um dos guardas enfiou a tocha em um suporte com um suspiro, cedendo.

— Vou ver o que posso arranjar, príncipe.

E saiu, deixando apenas um guarda. O que tinha as chaves. *Perfeito.*

— E ela? — perguntou o Príncipe Phillip, gesticulando em direção a Malévola.

— A fada? — perguntou o guarda, encarando Malévola através das grades como se estivesse olhando para um animal perigoso.

— Não é possível que pretenda me deixar aqui com ela.

— Tá com medo? — zombou o guarda.

— Olhe aqui — disse Phillip, gesticulando para que o guarda se aproximasse. — Ela está toda machucada e fica gemendo de dor. É angustiante.

— Eu vou chupar a cartilagem dos seus ossos — gritou Malévola, olhando para Phillip com raiva e exibindo as presas. — Aí você saberá o que é angústia.

Phillip sentiu uma onda de puro medo instintivo. O guarda também se arrepiou. E então, Phillip enfiou a mão pela abertura entre as barras e agarrou o chaveiro. Puxou com toda a força que tinha. Ele veio parar em sua mão, rasgando-se do cinto de couro do guarda.

— Ora, seu — disse o guarda. — Eu estava tentando ajudar!

— Não tenho escolha — admitiu Phillip, colocando uma chave na fechadura e girando.

Nada aconteceu. Tentou uma segunda chave, e a porta de ferro se abriu com um rangido. O guarda havia desembainhado sua espada, mas ele nem pareceu notar Phillip passando correndo na sua frente para pegar uma tocha. O guarda estava muito concentrado em Malévola, que se levantava do chão e avançava em direção a ele, os lábios carnudos desenhados em um sorriso grande e terrível, os olhos desumanos brilhando com uma alegria monstruosa.

Ainda estava ocupado olhando para ela quando Phillip o acertou na nuca com a tocha. O guarda caiu no chão, inconsciente.

Outro guarda correu para lá. Com um único gesto de Malévola, ele saiu voando contra a parede da prisão. Ela acenou novamente, arrastando o guarda inconsciente pelo chão através da porta aberta da cela.

Então a porta se fechou com um estrondo.

— Esperem — gritou o guarda que não havia sido golpeado por Phillip. — Vocês não podem simplesmente nos deixar aqui.

— Ah, não? — Malévola perguntou, apoiando a mão na parede de pedra para não perder o equilíbrio. Ela obviamente não estava em sua melhor forma, embora falasse com a confiança de alguém que estava: — Estamos encantados com essa perspectiva. Uma pena que não tenham nos tratado melhor. Se tivessem nos concedido uma pequena mordomia, teriam-na de volta agora.

E, assim, deu-lhes as costas, deixando Phillip segui-la.

— Muito bem planejado — ela lhe disse no corredor.

— Não tenho certeza se conta como um plano se minha única ideia era continuar falando até que eles cometessem um erro — disse Phillip, surpreso com o elogio.

— Estamos livres, então deve contar.

Infelizmente, além do molho de chaves e da tocha, não conseguiram nada que pudesse ser considerado uma arma. Phillip também não tinha ideia de onde estavam. Em algum lugar nas terras do Conde Alain, imaginava. Isso explicaria a capacidade de construir uma prisão inteira de ferro.

Não gostava nem de pensar no quão antiga era aquela masmorra ou em quem fora mantido ali antes deles.

O salão tinha várias portas idênticas àquela de onde tinham escapado e uma área central onde algumas cadeiras rodeavam uma mesa com dados espalhados sobre ela. Phillip destrancou mais duas portas usando as chaves, encontrando celas vazias. Ao abrir a terceira, porém, encontrou um menino, que se levantou de um salto quando a cela foi aberta.

— P-Príncipe Phillip? — o menino perguntou.

Ele parecia assustado. Phillip não duvidou de que teria boas razões para isso. Como poderia saber que Phillip não era aliado do Conde Alain?

— Sim, e não vou machucá-lo. Vou libertá-lo.

— Oh, obrigado, senhor — o garoto disse, agradecido.

Então notou Malévola. Ela permanecera no corredor, provavelmente querendo ficar o mais longe possível do ferro, mas sua sombra com chifres pairava sobre o grande cômodo. O garoto empalideceu.

— Quem é você e como veio parar aqui?

— Meu nome é Simon, alteza — o garoto disse, emergindo no salão. — Eu… era um cavalariço no palácio. Já cuidei de vossa égua e posso dizer que ela sabe trotar.

Phillip sorriu, gostando do comentário. Mas reconheceu o nome do menino e percebeu que Malévola também. Era o garoto cuja família pensava que tinha sido raptado pelas fadas.

Simon seguiu Phillip pelo corredor.

— Eu estava nos estábulos quando ouvi uma conversa entre Lorde Ortolan e o Conde Alain. Era sobre a rainha, e não era nada boa. Achei que tinha conseguido ficar quieto e que eles não tinham me notado ali, mas, um dia depois, quando estava indo para casa, os soldados me cercaram, e, quando dei por mim, já estava aqui.

— Vamos tirar você daqui — Phillip prometeu.

Malévola ajoelhou-se na frente do garoto. Ele parecia em pânico, e seu medo só aumentou quando ela encostou uma unha comprida sob seu queixo.

— Sim, criança, vamos ajudá-lo, mas não como você está. É muito perigoso.

— O que… — o menino começou.

— Você não pode… — Phillip começou, percebendo o único significado que suas palavras poderiam ter.

— *Num roedor.* — Com outro gesto, diante deles apareceu um ratinho.

Ele guinchou e começou a correr, mas Malévola o ergueu pelo rabo.

— Aqui — disse a Phillip. — Coloque-o no bolso. Ele gosta mais de você mesmo.

Phillip olhou para ela horrorizado, mas pegou o rato e o acolheu nas mãos. Podia sentir o tremor do corpinho e o coração acelerado.

— Por que fez isso?

— Estou ajudando — disse ela com um beicinho. — Assim ele estará mais seguro. E nós correremos menos perigo sem ter de nos preocupar com algo tolo que ele possa vir a fazer.

Com um suspiro, Phillip ergueu as mãos até o nível dos olhos.

— Não se preocupe, Simon. Ela vai transformá-lo de volta assim que sairmos da prisão. Eu prometo. E, até lá, você pode se sentar no meu ombro.

Malévola já estava subindo uma escadaria de pedra depois de pegar uma tocha da parede para iluminar o caminho. Phillip a seguiu, tentando ignorar a sensação de minúsculas garras cavando em sua pele, mesmo que fosse através do tecido de sua camisa.

— Isso mesmo — ele murmurou. — Segure firme.

Pisaram em uma espécia de rampa de pedra, e Phillip se deu conta de onde deviam estar. Não apenas estavam nas terras do Conde Alain. Aquela era uma de suas minas de ferro. Não era de se espantar que Malévola estivesse sofrendo tanto.

Havia carrinhos lotados de minério esperando para serem descarregados. E havia a abertura ampla de um túnel artificial, que levava a uma floresta.

Estrelas pontilhavam o céu noturno, e o cheiro de ar fresco encheu os pulmões de Phillip.

Havia uma casa de guarda perto da saída. Dela emergiram três guardas, assim como Lorde Ortolan. Phillip praguejou baixinho. Malévola atirou a tocha no chão, para evitar que fossem vistos.

— Quem está aí? — o conselheiro perguntou com a voz vacilante e alarmada.

Os guardas avançaram em direção à tocha caída. Diferentemente dos guardas lá embaixo, estes usavam armaduras. Phillip pensou ter reconhecido o soldado que o apunhalara entre eles. À medida que se aproximaram, todos sacaram suas espadas de ferro.

— Fique escondido — Malévola sussurrou para ele. — Fuja assim que a luta começar. Roube um cavalo e encontre Aurora.

— E você?

— Com alguma sorte, irei derrotá-los e chegarei mais rápido que você — ela sussurrou, os olhos iluminados com um fogo selvagem. — Eu viajo mais rápido do que você jamais será capaz.

Phillip não era desajeitado com a espada, mas praticava o tipo de esgrima condizente com um nobre. Estava acostumado ao sabre, não a espadas pesadas como as que os guardas exibiam.

E, naquele momento, não tinha uma, nem outra.

Malévola sorriu e deu um passo à frente, deixando Phillip para trás e em dúvida. Devia seguir suas instruções? Esgueirou-se pelas sombras da parede da mina.

Ninguém o viu. Estavam encarando Malévola, que se aproximava da luz e erguia as mãos. Um vento forte soprou da ponta de seus dedos, derrubando os soldados e atirando Lorde Ortolan de joelhos no chão. Mesmo com todo aquele ferro, a magia dela era impressionante.

Com duas poderosas batidas de asas, Malévola pousou diante de Lorde Ortolan e o agarrou pela garganta.

Ergueu a outra mão, que brilhava com magia verde.

Os outros homens voltaram a se levantar vagarosamente, mas não se atreviam a se aproximar – não enquanto ela mantivesse Lorde Ortolan tão vulnerável. Se chegassem mais perto, ela poderia quebrar o pescoço dele.

Outra explosão de magia, e tudo estava resolvido. Seus elmos bateram um contra o outro, e desta vez os guardas estatelaram-se no chão, de onde não levantaram mais.

— Onde está o Príncipe Phillip? — Lorde Ortolan perguntou, nervoso. — Phillip, se conseguir me ouvir, eu sei que não foi uma brincadeira divertida prendê-lo, mas era tudo que eu queria fazer. Disse o resto só para assustá-lo.

— Uma história bastante inverossímil — observou Malévola. — Mas pouco importa. Como pode ver, Phillip não está aqui.

— Sou um velho, fui um conselheiro leal para o pai de Aurora e, antes disso, para o avô dela. Aurora não gostaria de me ver machucado.

— Aurora também não está aqui — disse Malévola. — Somos apenas você, eu e seus lacaios. Mas não acho que eles possam salvá-lo.

— Você não ousaria — Lorde Ortolan balbuciou, mas o pânico em seu rosto era revelador.

Phillip não sabia o que pensar. Não tinha certeza sobre o que Malévola faria naquele momento.

Ela deu de os ombros de forma extravagante.

— Não adianta debater quando a resposta está tão próxima. Vamos descobrir.

— Ela quer me matar! — gritou Lorde Ortolan. — Phillip, por favor. Eu sou humano, como você! Salve-me deste monstro!

— O Príncipe Phillip *se foi*, caro Lorde Ortolan — disse Malévola, fixando os penetrantes olhos cor de esmeralda no conselheiro. — Eu o mandei embora somente por esse motivo.

Phillip percebeu que, embora estivessem do mesmo lado na prisão, não tinha certeza se ainda continuavam nele. Não podia ficar ali e permitir que ela matasse uma pessoa — ou várias pessoas — quando podia torná-las prisioneiras.

Todavia, duvidava que poderia impedi-la também.

— Malévola — uma voz soou perto da entrada.

Havia um homem com uma faixa branca de gambá no cabelo e uma espada pendurada no quadril. Pelo jeito, o Conde Alain havia finalmente chegado.

29

Aurora acordou com Diaval bicando seus dedos.

— *Ai!* — gritou, sentando-se e colocando o dedo ferido na boca. — Ah, você voltou. Onde estava?

Ela se virou para onde Conde Alain dormia, mas ele não estava mais lá. Havia apenas um emaranhado de cobertores no lugar. Seu sonho ainda estava vibrando em sua mente, confundindo seus pensamentos. Ainda via a palidez do rosto meio enterrado do Príncipe Phillip, ainda ouvia seu último grito ecoando em seus ouvidos.

Corra!

Com a lembrança, Aurora se levantou. Diaval decolou no ar.

Seu sonho confirmou que no fundo ela não acreditava que Phillip fosse o culpado pelo desaparecimento de Malévola. Aurora o *conhecia*.

Acreditava que ele ainda era a pessoa por quem ela se apaixonara sem querer, um rapaz gentil, decente e bom. Podia acreditar que ele voltara para Ulstead, mas jamais poderia acreditar que ele machucaria alguém apenas por poder ou vingança.

As palavras do conde mexeram com seus medos, mas isso não as tornava verdade.

Se eu estiver errada, então nada é justo, disse a si mesma, *porque nem mesmo tivemos uma história de amor. Ele nunca me beijou acordada. Se pretendia me trair, ao menos deveria ter me beijado primeiro.*

Com esses pensamentos na cabeça, Aurora seguiu o corvo. Enquanto caminhava, percebeu as marcas das botas no chão. Conde Alain devia ter feito o mesmo caminho.

Seu coração bateu mais forte, o sonho e a realidade se fundindo.

Seguiu pela floresta. Diaval movia-se silenciosamente acima dela, voando de árvore em árvore. Eles passaram pelo local onde Diaval havia parado antes. Conforme avançava, perdeu de vista as pegadas de Alain, e o luar não era forte o suficiente para que as distinguisse novamente. Torcia para não estar perdida.

— Sabe para onde estamos indo, certo, Diaval? — sussurrou.

Mas tudo o que ele pôde fazer foi grasnar em resposta.

Enquanto prosseguia, Aurora cruzou um ponto onde vapor subia do solo. Estranhando, ajoelhou-se, esperando encontrar fontes termais sob a terra, mas parecia haver uma chaminé ali, saindo do solo.

O que existia abaixo deles? Será que sua madrinha poderia estar presa ali?

Quase gritou por Malévola, mas seu bom senso venceu seu medo. Teria de encontrar outro caminho.

Aurora continuou até encontrar novamente o caminho, que se bifurcava: uma parte ia serpenteando pela floresta e a outra baixando até uma pedreira.

Lembrou-se das palavras de Conde Alain: *Não estamos tão longe das minhas terras. Podemos seguir para lá pela manhã. Colocarei meus soldados à sua disposição.*

Se estavam perto de suas terras, também estavam perto das minas de ferro.

Seguiu adiante à luz da lua, desejando, a cada passo, ter um jeito fácil de enviar informações para John Sorridente. Desejando que tivesse pensado num plano diferente. Desejando que não tivesse tentado ser tão esperta.

Porque ali, aberta à sua frente, estava a entrada da mina. Esgueirou-se em sua direção. Quanto mais se aproximava, mais tinha certeza de ouvir vozes. Inspecionou a escuridão enfumaçada com tochas, piscando e tentando distinguir as formas.

Havia guardas caídos pelo chão a alguma distância de Malévola, que estava segurando o pescoço de Lorde Ortolan; este, por sua vez, estava se debatendo.

— Madrinha! — exclamou Aurora, tomada de alívio.

Ficou tão feliz em ver que sua madrinha estava a salvo, viva e ilesa, que não percebeu o aviso na expressão de Malévola até que fosse tarde demais.

— Corra! — Malévola vociferou, ecoando terrivelmente o seu sonho.

Corra! Ele está logo atrás de você. Corra!

Aurora se virou e se chocou contra Conde Alain. Ele a agarrou. Ela se debateu quando ele a ergueu no ar e tentou se defender com os punhos fechados até que ele os segurou, torcendo seus braços para trás.

— Lamento muito ter de fazer isso, Vossa Majestade. Sinto muito mesmo. Esperava trazê-la à minha casa. Esperava que nos aproximássemos cada vez mais. Esperava que nunca precisasse saber de nada disso. Mesmo quando partiu nesta direção, esperava conseguir organizar tudo antes de você acordar.

— Conde Alain, o que você fez?

— Se ao menos tivesse me ouvido. Se ao menos tivesse me deixado compartilhar minha sabedoria e experiência, eu não teria que recorrer a medidas tão drásticas.

Aurora olhou para Malévola e respirou fundo, estremecendo.

— Phillip não fez parte disso, não é?

— O príncipe foi capturado comigo — disse Malévola. — Mas não tema, ele está longe daqui. E sabe a verdade sobre o que você fez, Alain.

Um alívio tomou conta de Aurora. Não só Phillip não era responsável pelo que acontecera com Malévola, como também estava a salvo. Estava livre.

— Mandarei meus homens rastrearem-no — zombou Alain. — Eles gostam de caçar.

Aurora tentou se afastar de Alain novamente. Ele a segurou rapidamente, seu olhar voltando-se para Malévola.

— Como pode ver, tenho a rainha em meu poder. Se não quiser que ela se machuque, solte Lorde Ortolan.

Malévola deixou o velho cair.

— Você tem muita ousadia em ameaçar sua rainha.

Lorde Ortolan se afastou dela, ofegante.

— O homem que pouco ousa, pouco consegue — rebateu o Conde Alain. — Agora, Lorde Ortolan, creio que você vá encontrar correntes de ferro na casa de guarda. Prenda a fada com elas.

Malévola ergueu as mãos faiscando com magia tão verde quanto seus olhos. Encarou Alain com uma fúria selvagem. Então, olhou para Aurora. Ambas se entreolharam e a luz de sua magia se extinguiu. Ela abaixou a cabeça com chifres e sorriu com tristeza.

— Encontrou a minha fraqueza. Por qualquer outro motivo, eu derrubaria este túnel sobre nós dois antes de me submeter.

30

Malévola permaneceu resignadamente parada enquanto os guardas se aproximavam.

— Não faça isso por mim, madrinha — implorou Aurora, mas a fada apenas desviou o olhar.

Malévola não duvidava que o Conde Alain alteraria facilmente seus planos para incluir a morte de Aurora. Repreendeu-se por ter se preocupado mais com o coração dela do que com sua cabeça.

Contemplou a escuridão, desejando não ter mandado Phillip embora. Pensou que era mais seguro para ele, e era verdade. No tocante a si, não estava preocupada com o perigo. Pensara que poderia aterrorizar Lorde Ortolan e fazê-lo confessar o plano para Aurora no palácio.

E, sim, supôs que era possível que Alain aparecesse enquanto estivesse fazendo isso. Na verdade, esperava que ele o fizesse. E teria gostado de apresentá-los a Aurora, exigindo que lhe contassem sobre seus planos malignos.

Não cruzara sua cabeça, no entanto, que Aurora fosse aparecer.

Determinada. Ela não tinha dito que era esse o problema da garota? Quanto a Diaval, quando o encontrasse, arrancaria cada pena de seu corpo. Como podia ser tão tolo a ponto de levar Aurora até ali, direto para o perigo?

Malévola sibilou quando o ferro tocou sua pele. Lorde Ortolan sorria como uma besta mostrando os dentes enquanto fechava as algemas de ferro nos pulsos de Malévola. Seu prazer ao girar a chave pesada era evidente.

Esperava que houvesse hematomas provocados por suas mãos no pescoço dele. Mas mesmo isso não era um grande conforto.

O Conde Alain disse:

— Eis o que faremos, querida Aurora. Você se tornará minha mulher e...

— Não! — Aurora cuspiu. — Como pode acreditar que eu concordaria com isso?

O conde sorriu sem alegria.

— Ah, prefiro pensar que você vai concordar. Veja, vou manter sua madrinha aqui para garantir que você se comporte. Vai se casar comigo e será minha leal rainha, ou essa fada perversa que você tanto ama pagará por cada ato de rebelião, por menor que seja. Eu não queria ter feito isso, Aurora, mas, pensando bem, talvez seja melhor. Talvez nunca me ame, mas também nunca me trairá.

Aurora lutou nos braços do Conde Alain. Poucas vezes Malévola se sentira tão desamparada — e, depois que suas asas haviam sido devolvidas, pensou que nunca se sentiria tão desamparada novamente.

Queria dizer a Aurora que o recusasse, mas o que aconteceria então? Ele tinha as duas em seu poder. Seria melhor que Aurora dissesse o que ele queria ouvir para sobreviver. De volta ao palácio, poderia ordenar que sua cabeça fosse cortada.

— Eu me caso com você — disse Aurora, enfim —, mas só se libertar Malévola. Minha madrinha promete ficar nos Moors e não interferir em nossa vida, e eu prometo ser dócil e gentil.

— Impossível — Malévola retrucou automaticamente.

Aurora fez uma careta para ela.

— Ah, Aurora, infelizmente, você pensa que sou muito mais bondoso do que realmente sou. Se serve de consolo, temo que sua madrinha esteja certa. Duvido que fosse possível a ela cumprir tal promessa de não interferir, e não quero pedir que ela tente.

Malévola sorriu diante da suposição de que essa era a única parte que ela achava improvável. Mas Alain continuou, alheio a isso:

— Acho que você será uma rainha muito prestativa se a vida de sua madrinha estiver sempre em jogo — disse o conde. — Quase tão dócil quanto ela foi, deixando-se acorrentar para o seu bem.

— Uma estratégia e tanto, voltar o amor contra si mesmo — elogiou Lorde Ortolan.

Amor verdadeiro.

Aquela havia sido a cruel expressão usada por Malévola quando Stefan lhe implorou para remover a maldição de Aurora. Era um sentimento que ela acreditava ser impossível.

Mesmo agora, vinculando-a com Aurora, ainda parecia um milagre que existisse.

Amor verdadeiro.

Amor entre pessoas que cuidam umas das outras.

Errou ao tentar convencer Aurora a proteger seu coração de tudo. Não havia nada de errado com sua determinação, nem com sua doçura natural. Não havia nada de errado com a tentativa de Aurora de ver o melhor nas pessoas. Não havia nada de errado com seu coração generoso. Essas eram todas as qualidades que Malévola sempre amara nela. E, se Malévola tivesse de passar a vida inteira trancada na escuridão de ferro para que Aurora ficasse livre, valeria a pena.

Mas não passaria a vida na escuridão de ferro sabendo que Aurora também estava acorrentada.

31

Lorde Ortolan se aproximou de Conde Alain e de Aurora.

— Pode soltá-la agora, você já segurou a garota por muito tempo. Os braços dela devem estar doendo. E não há perigo. A fada está presa e não há como a nossa rainhazinha fugir. Seja cavalheiro com sua noiva.

Alain afrouxou o aperto e Aurora se afastou dele. Tropeçando, caiu de joelhos, humilhada e dolorida.

— Realizarei a cerimônia antes de sairmos daqui. Espero que compreenda que se trata de uma formalidade — disse Lorde Ortolan. — Não importa se você concorda ou não, mas seria melhor para todos se nós seguíssemos os costumes.

Aurora queria cuspir na cara dele, mas sabia que tinha de esperar a oportunidade certa para fugir.

Conde Alain sorriu para ela.

— Está muito zangada comigo agora, mas acho que vamos nos acostumar um com o outro. Verá que não sou esse monstro todo quando me conhecer melhor.

Já o conhecia bem o suficiente, pensou. E sabia que ele era um monstro, sim.

Alain a conduziu para o lado de Lorde Ortolan, depois recuou alguns passos.

Lorde Ortolan pigarreou.

Mas antes que pudesse iniciar uma frase, Phillip saiu das sombras. Empunhava uma espada.

— Lamento muito por ter demorado tanto. Primeiro tive de me esgueirar para dentro da casa de guarda e encontrar uma espada. Depois, tive de esperar Alain soltá-la. Quantos discursos enfadonhos você suportou!

Apesar do horror da situação, Aurora riu.

— Ah, e o ratinho — Phillip continuou sem que ela entendesse nada. — Tive de encontrar um lugar para o ratinho.

Conde Alain pegou o punho de sua espada.

— Pensei ter dito para você ir embora — disse Malévola, embora não parecesse particularmente contrariada.

— Como um príncipe — disse Phillip, encarando Alain —, praticamente tenho o dever de desafiar as ordens de um poder estrangeiro.

O conde zombou, andando ao redor de Phillip.

— Deveria ter fugido quando teve a chance. Você é, no máximo, um diletante na arte da esgrima. Mas minha família extrai ferro. Aço é um direito inato para mim. Vou me divertir.

— Seria embaraçoso para você se eu acertasse uma só vez, então — disse Phillip, assumindo uma postura de combate, empunhando a espada à sua frente, a lâmina ligeiramente inclinada.

Alain fez o mesmo.

Lorde Ortolan avançou em direção a Aurora.

— Minha querida, isso é inútil…

Ela deu um soco na boca dele. Nunca havia batido em ninguém antes, e sentiu o nó dos dedos doerem. Mas teve a satisfação de vê-lo cambalear para trás, totalmente chocado, pressionando com a mão o canto da boca, que parecia um pouco vermelho. Um dente devia ter cortado seu lábio.

Ela ficou um chocada também, mas isso não a impediu de arrancar a chave de sua outra mão.

Phillip e Alain trocaram golpes indo para a frente e para trás, tilintando as espadas com uma intensidade aterrorizante, as lâminas cortando o ar. Eles pareciam iguais.

Quando Phillip se virou, porém, Aurora percebeu que ele estava encharcado de sangue. Olhando com atenção, notou que havia uma atadura de tecido rasgado em torno de sua cintura. Uma ferida já existente, então. Uma ferida reaberta.

Não importava quão hábil ele fosse com a espada, não seria capaz de lutar por muito tempo daquele jeito.

Aurora correu para Malévola e deslizou a chave na fechadura da algema. Quando o ferro escorregou de seus pulsos pálidos, duas faixas de pele vermelha com bolhas apareceram.

— Não se preocupe comigo, praguinha — Malévola disse com um sorriso, mas Aurora não pôde deixar de notar como ela se movia lentamente.

A corrente de ferro com algemas em cada ponta pesava nas mãos de Aurora. Mirou o Conde Alain.

Phillip perdeu o equilíbrio. Foi apenas um pequeno tropeço, talvez porque sua bota batera em uma pedra, mas fora o suficiente para que Alain atacasse, apontando a espada para o ferimento. Phillip desviou para o lado antes que a lâmina pudesse penetrar, mas apenas a ponta da arma o fez ofegar de dor. Ergueu a espada bem a tempo de bloquear um golpe que teria atravessado seu coração.

Segurando uma das pontas, Aurora conseguiu bater nas costas de Alain com a corrente, que o atingiu com força, atirando-o estatelado no chão da mina. Phillip girou sua espada, apontando-a para a garganta de Alain.

Lorde Ortolan avançou, mas parou diante de um olhar feroz de Malévola. Aurora correu até ele e estendeu as algemas com o coração disparado.

— Dê-me suas mãos — ordenou.

O velho parecia rebelde.

— Vá em frente. — Uma nova voz ressoou.

Diaval entrou pelo túnel e acenou com a cabeça para Aurora, erguendo os ombros.

— Sim, sou eu. Finalmente com polegares e uma língua para falar. Malévola me avistou saltando na entrada, tentando chamar a atenção dela, e me transformou quando ficou com as mãos livres. Antes tarde do que nunca, Diaval está aqui para ajudar.

— Eu devia ter quebrado seu pescoço quando tive a chance — disse o conde a Phillip, ignorando o recém-chegado.

— Você é um idiota — Phillip respondeu, encarando-o. — Você tinha riqueza. Influência. Os ouvidos de uma rainha. E, porque não conseguiu enxergar o que tinha, acabará com nada.

Aurora notou que Phillip estava muito pálido, quase como em seu sonho. Havia até um toque de azul em seus lábios.

— Eu joguei o mesmo jogo que você — Alain retrucou. — Só porque você jogou melhor, não há razão para zombar disso.

Com essas palavras, empurrou a espada de Phillip e ergueu a sua para atacar.

Aurora gritou. Não havia como Phillip reagir a tempo.

— *Num inseto*. — Malévola fez um gesto com a mão, e, com um feixe de magia dourada, Alain desapareceu. Em seu lugar, havia uma grande centopeia preta. Sua espada caiu fazendo barulho bem ao seu lado.

Phillip ergueu a espada de Alain do chão, apertando os olhos para a centopeia.

— Vai ser difícil capturá-lo se ele rastejar até o teto — disse antes de cair no chão.

O sangue do ferimento tinha encharcado toda a lateral de seu corpo até sua bota.

— Phillip! — Aurora gritou.

— Oh, não, não se preocupe comigo — disse ele fracamente. — Vou me deitar um pouco e depois vai ficar tudo bem…

— Não seja mais tolo do que o normal — disse Malévola. — Precisamos suturar o seu corte. Diaval, traga um pouco de milefólio, quanto mais esfarelado melhor.

— Sim, senhora. A propósito, não precisa me agradecer por ter trazido Aurora para salvá-la — disse ele. — Não há necessidade, já que tudo que fiz foi me libertar e não pensar em mais nada além de chegar aqui, voando noite e dia. Não, não há necessidade de me agradecer.

Malévola lançou-lhe um olhar feroz.

— Você quer dizer por colocar Aurora diretamente em perigo?

Aurora os deixou brigando e se ajoelhou ao lado de Phillip.

— Se você se virar de lado, vai elevar a ferida e ajudar a diminuir o sangramento.

Apoiou a cabeça dele em seu colo quando ele se ajeitou. Phillip olhou para ela com um sorriso fraco. Ela acariciou o cabelo dele para trás, com o coração doendo.

— Eu amo você — disse ela. — Tive medo de confessar. Tive medo de admitir para mim mesma. Mas é verdade.

Era um medo semelhante ao que tinha de adormecer à noite, porque parecia uma concessão a algo que não podia controlar.

Ou o medo que os humanos tinham das fadas. O amor era tão imprevisível e poderoso quanto a magia. Mas talvez fosse maravilhoso também.

O sorriso de Phillip abriu-se.

— Devo estar delirando, porque você só diz essas coisas nos meus sonhos.

Ao longe, ouviu-se o som de cornetas.

32

John Sorridente chegou logo depois, quando um de seus batedores descobriu o acampamento de Aurora e Alain e seguiu os rastros até o local. Encontrou um grupo exausto descansando sob uma árvore recém-crescida: seus galhos cintilavam com magia e algumas de suas raízes tinham forma de gaiola coberta de musgo e casca — dentro, havia uma grande centopeia preta. Do outro lado, as raízes pareciam ter crescido sobre os tornozelos de Lorde Ortolan, imobilizando-o.

— Vossa Majestade — John Sorridente saudou, fazendo uma rígida reverência. — Vossa partida do acampamento durante a noite nos deixou em pânico. Viemos assim que recebemos um sinal do corvo, mas... — Examinou tudo em volta e engoliu em seco o resto do discurso que tinha preparado. — Vejo que está tudo sob controle.

Malévola o encarou de forma suspeita.

— Por que vocês saíram para procurá-la?

— A Rainha Aurora ordenou que a seguíssemos com um grande batalhão e aguardássemos a convocação do pássaro. Ela disse que acreditava estar sendo conduzida para uma armadilha, mas não tinha certeza de quem a capturaria. Suspeitava do conde, mas acreditava que a única maneira de provar isso era deixar o plano se desenrolar e verificar quem eram seus traidores e o que planejavam. Discordei, pois achei que seria arriscado demais. Contudo, no final, parece que ela estava certa.

Malévola olhou para Aurora com um desejo evidente de repreendê-la.

— Então você sabia que estava indo ao encontro do perigo...

— Eu sabia que *você* estava em perigo — Aurora a lembrou.

John Sorridente continuou:

— Um cavaleiro veio nos dizer que Lady Fiora entregou um maço de cartas trocadas entre seu irmão e Lorde Ortolan. Estávamos muito preocupados com a senhora, Vossa Majestade.

Aurora se lembrou de Lady Fiora tentando impedi-la de viajar com o Conde Alain. Na hora, pensou que Lady Fiora não queria que ela deixasse a festa, não que estivesse tentando salvá-la dos planos do irmão.

— Não esperava isso dela — comentou baixinho para si mesma.

Os homens de John Sorridente tomaram providências, tentando deixar Phillip mais confortável e dizendo-lhe quão afortunado ele era pelo fato de a ferida não ter sido mais profunda ou em outro ponto.

Phillip, por sua vez, estava tentando evitar que Diaval fosse o único a cuidar de Simon.

— Deem-me o ratinho — Phillip pediu —, agora mesmo. Aurora, faça uma proclamação real de que sou eu quem deve ficar com o ratinho até que sua madrinha o transforme de volta.

— Não confia em mim com ele? Acha que vou devorá-lo? — perguntou Diaval com uma sobrancelha erguida, deixando o roedor passar de um braço para o outro, seu olhar fulminando o movimento com uma rapidez perturbadora.

— Não, não confio — o Príncipe Phillip admitiu.

— Mas foi você que comeu um coração de rato, devo lembrá-lo — disse Diaval, nivelando a cabeça com o olhar aterrorizado de Simon, que parou de correr. — Ele comeu mesmo, sabia? Devorou numa garfada só.

— Foi só *uma vez* — protestou Phillip.

Malévola permitiu que a guarda real levasse Lorde Ortolan de sua prisão na árvore para a carroça. Ao balanço de sua mão e uma espiral de magia dourada, tanto ele como a gaiola de raízes que prendia Conde Alain, a centopeia, soltaram-se da árvore. Os guardas olharam confusos para a gaiola, pensando em como carregá-la sem se aproximarem daquela coisa que estava dentro dela.

— Bem, Vossa Majestade, já que não temos vossa carruagem, podemos oferecer nossas humildes carroças? — perguntou John Sorridente. — Eu gostaria de ter algo mais adequado, mas tínhamos de vir rápido.

— Oh, não — disse Malévola. — Eu os levarei de volta ao palácio.

MALÉVOLA: O CORAÇÃO DA RAINHA

Gesticulou em direção a Diaval, e ouro faiscou na ponta de seus dedos. Ele ergueu as mãos como se pudesse bloquear a magia.

— Espere um pouco, no que exatamente está planejando me transformar desta vez? Você deveria pedir minha permissão para essas coisas. É melhor que não seja um cachorro!

— Duvido que você não vá gostar disso.

Ela gesticulou, e ele foi crescendo e crescendo até que houvesse um cavalo preto em seu lugar. Enormes asas cintilantes de corvo se abriram de seus flancos. E, do alto de sua crina, um rato espiava tudo.

Os guardas prenderam a respiração, talvez pensando no dragão em que ela o havia transformado uma vez, talvez apenas maravilhados pela magia. Malévola abriu um sorriso grande e malicioso.

— É melhor transformar Simon primeiro — disse Phillip. — Não acho que ele deveria voar. Talvez possa voltar com a guarda.

— Muito bem. *Num garoto!* — Malévola gesticulou negligentemente, provocando uma nova chuva de ouro cintilante que fez Simon voltar à sua forma humana.

Ele caiu das costas do cavalo, tropeçando ao se posicionar de pé. O pobre garoto tinha de se habituar novamente a andar sobre duas pernas. Olhou em volta, viu Aurora e se curvou rapidamente.

— O garoto desaparecido! — John Sorridente exclamou. — Então ele *estava* sob a maldição de uma fada.

Com tanta atenção voltada para si, Simon gaguejou um pouco.

— Não, senhor — afirmou. — Quer dizer, eu estava, mas só nos últimos momentos. A fada e o Príncipe Phillip me libertaram da cela onde fiquei trancado por dias e dias. Ela pensou que eu ficaria mais

272

seguro dentro de um bolso e por isso me transformou num rato, o que lamento dizer que não gostei tanto assim. — Ele fez uma pausa e olhou para Malévola. — Não que eu não seja grato, pois não foi nada além de uma boa ação.

O olhar de John Sorridente voltou-se para a gaiola e a centopeia dentro dela, depois para Malévola.

— Eu imagino que você não vá transformar *ele* de volta.

— É claro que vai — Aurora disse antes de Malévola se pronunciar. — Centopeias não podem ser julgadas.

— Não podem? — Malévola perguntou com um sorrisinho travesso. — Tem certeza?

Aurora lançou-lhe um olhar severo.

— Assim que voltarmos ao palácio, então — declarou Malévola.

A expressão de Aurora manteve-se firme.

— Está bem!

Com um aceno exasperado de Malévola, a centopeia foi ficando cada vez maior, até que seus braços e pernas romperam a gaiola e voltaram à forma de Conde Alain. Ele estava ridículo.

— John — Alain gritou, tentando descascar os restos da gaiola. Foi especialmente difícil remover os pedaços que ficaram em sua cabeça. — Não pode acreditar em todas essas bobagens! Ela me enfeitiçou! Ela é quem deveria ser acorrentada!

John Sorridente balançou a cabeça e se dirigiu a Malévola.

— Creio que estava certa. Se o tivesse deixado como estava, não teríamos de ouvi-lo por todo caminho de volta.

Com isso, ele se juntou a suas tropas, conduzindo Simon até um dos soldados montados.

Diaval, em sua forma de cavalo alado, ajoelhou-se para que Phillip pudesse subir mais facilmente em suas costas. Phillip obedeceu, cautelosamente, e Aurora montou atrás dele. Então, batendo as asas com força, Diaval levantou-se do chão, e logo estavam voando. Mais e mais alto. Momentos depois, Malévola surgiu ao lado deles, com um sorriso grande no rosto e uma rara luz em seus olhos.

Malévola sempre era graciosa, mas, no ar, estava em seu estado mais natural, movendo-se como uma bailarina. Ela mergulhava, dava piruetas e plainava com uma alegria de dar gosto. E suas asas batiam fortes e firmes em suas costas.

Phillip segurou bem na crina do cavalo. Aurora passou um braço pelo lado de sua cintura que não estava ferido, inclinou a cabeça para trás e olhou para as nuvens, os cabelos esvoaçando atrás de si como uma bandeira ao vento.

Aurora dormiu naquela noite de pura exaustão. Quando acordou, o amanhecer estava despontando no horizonte. Observou o sol nascer e pensou nas providências que precisava tomar. Quando Marjory chegou com uma bandeja de café da manhã, já havia tomado algumas decisões.

Marjory baixou a bandeja, correu até ela e apertou as mãos de Aurora.

— Oh, estou tão feliz que esteja bem. Estava tão preocupada.

— Houve momentos em que eu também fiquei preocupada — admitiu Aurora, apertando os dedos de Marjory.

Aurora bebeu seu chá e comeu um pão com manteiga enquanto ouvia Marjory contar sobre como foi dançar no festival. Ela até tinha dado voltas ao redor do mastro com um parceiro do Povo das Fadas e corou ao contar a Aurora alguns dos elogios que ele fizera a ela.

Depois do café da manhã, Aurora vestiu um robe e subiu as escadas para ir ao quarto do Príncipe Phillip. Se eles podiam se encontrar no meio da noite, então não faria cerimônias agora que ele estava gravemente machucado.

Não esperava encontrá-lo com o torso nu enquanto um médico idoso, de cabelos brancos revoltos e barba comprida e fofa, refazia o curativo.

— Ah, olá — Phillip disse, profundamente envergonhado.

Aurora sentiu seu rosto esquentar e se esforçou para manter o olhar apenas acima dos ombros do rapaz.

— Só queria ter certeza de que você está bem.

— Nada de bailes por algumas semanas — brincou ele. — Tive de levar alguns pontos, e um ogro veio esta manhã trazendo pacotes de um chá especial para fazer compressas sobre o curativo e acelerar a cura.

Aurora olhou para o médico, perguntando-se se ele confiava nos remédios das fadas.

Ele notou o olhar da rainha e sorriu.

— Assim que o seu tratado for assinado, a maioria das pessoas em Perceforest ficará animada com o comércio de pedras preciosas, mas, para mim, não há tesouro maior do que as ervas dos Moors. Existem algumas às quais não temos acesso há gerações e que dizem ser capazes de curar muitas doenças que nos atormentam.

— Espero que o senhor compareça à cerimônia hoje — disse ao médico, e então sorriu para Phillip. — E espero que seu paciente também.

Foi com passos leves que Aurora começou a voltar ao quarto para se preparar para a cerimônia de assinatura do tratado.

As fadinhas a interromperam na escada. Elas tinham muito o que lhe contar, principalmente sobre Nanny Stoat e como ela era inteligente. Pelo jeito, convocara Thistlewit, Flittle e Knotgrass para o serviço, fazendo-as realizar pequenas mágicas no castelo e gerenciando-as com tanta lisonja que tinham ficado muito felizes.

— Veja — disse Flittle —, Lorde Ortolan nunca nos valorizou neste reino.

— Devíamos ter imaginado que ele era malvado — acrescentou Thistlewit. — Afinal, da forma como nós nos sacrificamos, como alguém não poderia recompensar nossa lealdade?

— É verdade — Aurora concordou, sorrindo.

Elas também compartilharam algumas fofocas. Depois de deixar Aurora e Phillip no castelo, Malévola fora convencida por John Sorridente a levar Simon pessoalmente para reencontrar a família. Depois que o menino terminou de lhes contar sobre o terrível Conde Alain, eles não apenas tentaram servir chá e geleia para Malévola, como também lhe fizeram elogios tão lisonjeiros que ela teve de fugir, horrorizada com a gratidão sufocante deles.

— Não entendo bem por que a trataram dessa forma, já que ninguém nunca se preocupa em nos convidar para um chá, ainda que sejamos muito mais agradáveis — Knotgrass acrescentou.

— É um mistério, com certeza — Aurora sorriu.

Aurora entrou na sala do trono vestindo dourado, usando sua coroa e com um sorriso persistente nos cantos da boca.

Lá estava o Povo das Fadas. Malévola e Diaval na frente, ao lado de árvores-sentinelas, wallerbogs, duendes, ogros, fadas-ouriço e muito mais. Malévola estava com um longo vestido preto e com fitas prateadas nos chifres de sua cabeça e nos chifres entre suas asas. Diaval usava um casaco preto comprido com punhos feitos de penas que sem dúvida eram suas. As fadinhas se apressaram para encontrar um lugar na frente, zumbindo suas asas brilhantes e forçando todos os outros a se moverem.

Os humanos também estavam reunidos no salão. Havia nobres, jovens e velhos, entre eles, Lady Sybil, Lady Sabine e Lady Fiora, que parecia nervosa. Nanny Stoat estava lá também, junto a fazendeiros e aldeões. Simon estava com sua família, parecendo orgulhoso. Aurora imaginou que todos os que o reencontraram perguntavam sobre sua história e que ele devia ter sido bastante paparicado.

A rainha limpou a garganta e começou a falar.

— Diante de mim está um documento que estabelecerá os termos de uma paz duradoura em nosso reino unificado, uma paz que,

MALÉVOLA: O CORAÇÃO DA RAINHA

espero, será mantida até depois do fim do meu reinado. O documento será assinado não apenas por mim, mas por representantes dos humanos e das fadas. Representantes, por favor, aproximem-se.

Malévola e Nanny Stoat dirigiram-se uma para cada lado do trono de madeira entalhada de Aurora. Uma pequena mesa foi trazida para a frente por um lacaio, e um escriba estava a postos com um longo pergaminho que continha os termos do tratado.

— Alguns de vocês já devem saber que uma conspiração para impedir a assinatura do tratado foi empreendida por meu conselheiro, e essa foi a razão do atraso desta cerimônia. Se alguém aqui estiver planejando algo semelhante, saiba que os dois conspiradores estão na prisão e permanecerão lá por longos anos. Além disso, a fortuna de Lorde Ortolan será confiscada e usada para financiar a distribuição de porções de cevada para qualquer um que precise de alimento em Perceforest ou nos Moors. Uma vez, ele declarou que tal medida seria muito custosa aos fundos do reino. Espero que o lorde fique satisfeito em saber que, por causa dele, isso agora é possível. Quanto às propriedades do Conde Alain, elas passarão a ser de sua irmã, Lady Fiora. Esperamos ter uma relação mais amigável com ela do que a que tivemos com seu irmão, e não a responsabilizamos por nenhuma ação dele.

Lady Fiora olhou para Aurora com surpresa e gratidão. Fez uma profunda reverência.

— E, agora, preciso de um novo conselheiro — anunciou Aurora.

De todas as decisões que tivera de tomar, essa fora a mais difícil. Já estava claro que Nanny Stoat era uma conselheira muito melhor do que Lorde Ortolan, mesmo deixando de lado sua completa traição. Por isso, Aurora ficou tentada em convocá-la para o cargo. No entanto, quanto mais pensava a respeito, mais a decisão não parecia acertada. Ninguém poderia lhe dar toda a ajuda de que precisava ou representar todos que precisavam ser representados.

— A partir de agora, não terei apenas um conselheiro, mas um conselho que me ajudará a tomar as decisões para o nosso reino.

Já tinha alguns nomes certos em mente. Malévola, obviamente, mas também Robin. E Nanny Stoat. Talvez o médico. Talvez John Sorridente. Sabia que, ao compor o conselho, reuniria fadas e humanos comprometidos a mudar Perceforest para melhor.

— Mas, primeiramente, vamos assinar este tratado e concordar em ser bons vizinhos uns dos outros.

Malévola estendeu a mão para arrancar uma única pena preta brilhante do punho do casaco de Diaval. Ele soltou um grito agudo de dor, e Aurora concluiu que aquelas deviam ser mesmo as suas penas, especialmente depois que viu que Malévola assinara com sangue vermelho brilhante, que já estava secando e tornando-se marrom.

— Seguiremos as suas ordens — declarou Malévola — e respeitaremos suas leis. Não azedaremos o leite nem roubaremos os filhos de ninguém... — Seus olhos brilharam. — Desde que ninguém concorde expressamente com uma barganha que envolva esses termos.

Nanny Stoat adiantou-se para assinar o tratado também.

— Nós, humanos, seguiremos as regras estabelecidas neste documento. Não roubaremos dos Moors, nem prejudicaremos qualquer fada que encontrarmos em Perceforest. — Encarou Malévola. — E não precisamos mencionar nenhuma exceção.

Malévola deu de ombros extravagantemente, e Nanny Stoat assinou com a pena branca que o escriba lhe forneceu, mergulhada em tinta preta.

Então foi a vez de Aurora. A rainha assinou com tinta preta, uma pena sua e uma caligrafia floreada.

— E eu prometo fazer tudo o que puder para promover a paz entre o meu povo. Para isso, vou dividir o meu tempo entre os reinos. Metade será passado aqui no palácio, e a outra metade no meu palácio nos Moors. Mas, onde quer que eu esteja, prometo que humanos e fadas serão bem-vindos.

A sala explodiu em aplausos. Houve vivas por todos os lados. Todos queriam falar com Aurora.

Lady Fiora queria implorar seu perdão por não ter compartilhado abertamente suas suspeitas sobre o irmão. Lady Sabine e Lady Sybil queriam ouvir sobre a jornada para resgatar Phillip e Malévola, uma aventura que elas consideravam arriscadíssima e um tanto romântica. E suas tias fadinhas queriam dizer-lhe que, embora gostassem da maneira como ela arrumava o cabelo, tinham certeza de que poderiam torná-lo muito melhor caso ela deixasse.

Por fim, os presentes começaram a ir embora.

Quando isso aconteceu, Phillip caminhou em direção a Aurora. Estava usando um gibão de lã com uma fileira de botões dourados no meio e listras que permitiam ver um tecido brilhante por baixo. Seus cachos castanhos caíam sobre um dos olhos, e seu sorriso gentil não revelava nenhuma dor. Se não soubesse que ele estava ferido, Aurora nunca teria imaginado.

— Você conseguiu, como disse que conseguiria.

Ela sorriu para ele.

— Estou feliz por você estar aqui para ver isso acontecer.

— Eu tenho a estranha impressão — respondeu ele — de que, quando eu estava perdendo muito sangue, você me disse algo que eu queria muito ouvir. Mas talvez eu tenha ouvido errado. Ou, talvez, você tenha sido levada pelo excesso de preocupação comigo. Talvez estivesse com medo de que eu fosse morrer...

— Eu tenho outra charada para você — Aurora o interrompeu. — O que é meu, mas que só você tem?

Ela sentiu o rosto ficar quente. Não importava que ela já tivesse dito que o amava, mesmo que ele não tivesse certeza se era lembrança ou delírio. Ainda assim, Aurora ficou tímida de novo.

— Isso é fácil — disse Phillip. — O meu coração.

— Não! — ela protestou. — Era para ser o *meu* coração.

— Tem certeza? — ele perguntou, sério, dando mais importância à questão.

— Sim — Aurora confirmou. — Mesmo sem você estar sangrando no chão de uma mina, depois de ter sido apunhalado por meu inimigo mortal, eu ainda amo você.

— Ah — Phillip exclamou, parecendo que, desta vez, era ele quem tinha ficado tímido. — Graças aos céus!

Ele apertou a mão dela e então foi em direção ao salão, para onde os outros cortesãos estavam indo. Aurora iria daqui a pouco. Antes, havia algo que precisava fazer.

Aurora virou-se para sua madrinha. Malévola estava observando Phillip partir. Ela retribuiu significativamente o olhar de Aurora.

Aurora foi até ela.

— Não vai mais insistir que ele é um erro?

— Se acha que vou dizer que gosto do Príncipe Phillip só porque ele acabou sendo uma espécie de herói, está muito enganada — desdenhou Malévola, mas havia um brilho em seus olhos e uma inclinação em seus lábios que desmentiam as palavras.

— Isso só prova que você ainda é a minha querida madrinha malvada — disse Aurora.

— E você é a minha corajosa praguinha — Malévola replicou. Em seguida, fez uma correção: — Minha corajosa *rainha* praguinha.

EPÍLOGO

Quer aber como é recuperar suas asas?

Imagine cair, mas, em vez de atingir o solo, voar alto.

Imagine começar a acreditar que o amor não é uma mentira, ainda que haja mentirosos.

Imagine se lembrar de que o osso quebrado volta a ficar forte.

Que cicatrizes são lindas.

Você pode não ser mais exatamente quem era quando perdeu o poder de voar.

Mas é apenas com as asas pesando em suas costas novamente que percebe que sempre pertenceu e para sempre pertencerá aos céus.

Você nunca deixou de ser forte, destemida e repleta de magia.

Mesmo quando estava presa ao chão.

AGRADECIMENTOS

Algumas charadas foram retiradas, parcialmente, do *Livro de charadas anglo-saxãs de Exeter*. Outras foram inventadas por mim.

Obrigada a Emily Meehan, Brittany Rubiano e a todos da Disney por me darem a oportunidade de me aventurar por esse mundo e por tornarem o processo de escrever este livro tão divertido. Agradeço a Kelly Link, Cassandra Clare, Steve Berman e Josh Lewis por organizarem um encontro para me ajudar com o primeiro esboço. Obrigada também a Sarah Rees Brennan por suas ótimas sugestões. E peço desculpas a Ursula Grant, que também teria me dado ótimas dicas caso eu tivesse lhe dado a chance. Obrigada à minha agente, Jo Volpe, pelo incentivo e por ter conseguido trabalhar com um cronograma bem complicado. E os maiores agradecimentos aos meus amados Theo e Sebastian, por me trazerem infindáveis xícaras de café e me deixarem enfurnada no meu escritório para conseguir terminar este livro.